JN241969

婚約破棄から押しかけ婚します！

登場人物紹介

トーマス

ユーグラシアの隣国で
商会を営む大商人。
弟のカークの代わりに、
セーラと結婚する。

セーラ

ユーグラシア国のホワイト伯爵の娘。
小さい頃から貧乏生活をしていて
素朴で逞しい。
その中身に反する悪人顔の美人のため
周囲には高慢な令嬢だと思われている。

ラヴィ
トーマスとカークの遠縁の娘。
トーマスに懐いている。
ミンティー
カリスフォード家のメイド長。
どことなくセーラに冷たい。
ベッキー
セーラ付きのメイド。
ひたむきな態度で
セーラに仕える。
ロッテ
セーラ付きのメイド見習い。
元気でおしゃま。

序章　婚約者の逃亡

「少し席を外すね」

結婚の打ち合わせのために初めて顔を合わせた婚約者は、そう言い残して、帰ってこなくなった。

随分と長い用だと、伯爵令嬢であるセーラ・ホワイトはのんきに構えていたが、実家では決して飲むことのできない高級茶葉を使った香茶をおかわりしたところで、「おかしいな」と気づく。

紅色の香茶は美味しいが、そろそろお腹がタプタプしてきた。

それに先ほどから、廊下が騒がしい。

「カーク坊ちゃまの姿が見えないとは、どういうことだ!?」

「坊ちゃまは、いずこに……！」

「カーク様！　カーク坊ちゃま！　いらしたら返事をしてくださいませ！」

この立派なお屋敷のことだ。ある程度の防音対策はしているのだろうけれど、ああも必死で叫ばれれば、嫌でも聞こえてしまう。

「……」

それでもセーラは、廊下の騒ぎになど一切気づかないフリを装って、香茶を飲む。あくまでも、表面だけは優雅に。

だが、カップを持つ手は小刻みにバイブレーションしていた。

許されることならば、「ンな馬鹿なぁあああ！」と悲鳴を上げたいところである。

ギリギリ理性で耐えているのは、こちらのお屋敷——平民が暮らしているとは到底思えない立派すぎるお館に彼女がやってきた理由が、婚約者との婚礼についての打ち合わせだったからだ。

（おおおおおおおお落ち着くのよセーラ……！　ここでパニックを起こして〝地〟を出したら、せっかくの金ヅル——違った、大事なスポンサー、それも違った！　婚約者に逃げられてしまうわ！　いやすでに逃げられてるんですけど……とにもかくにも、この婚約をなかったことにされるのだけは、マズイわ！　ひとまず、落ち着かなくては！）

己に言い聞かせながら、どうにかこうにか微笑を浮かべた。

セーラが住むこの世界は、どの国も王制で、厳格な身分制度がある。セーラの生家であるホワイト家はホワイト領を統治する貴族ではあるのだが、とある事情から困窮していた。そこで、隣国に住む金持ち商人の弟であるカーク・カリスフォードと結婚し、実家を救ってもらおうという算段なのだ。

幸い、カークの家も商売のために貴族の娘と結婚したがっていた。

相手側の結婚の条件が〝貴族の娘〟である以上、おそらくセーラに貴族らしい品のある振る舞いを求めているはずである。深窓の令嬢は多少のことで動じたりしない。少なくともセーラのイメージの中では……

とにかく、大騒ぎをしてカリスフォード家の人間に幻滅されるのは、得策ではない。今の段階で、素を見せるわけにはいかないだろう。

幸いなことにセーラは、見かけだけはどこに出しても恥ずかしくないほど令嬢然としている。高貴な生まれの華やかな美貌を持つご令嬢……というのが、セーラを初めて見る大抵の人間の感想だ。もっともそこに、我儘で傲岸、派手好きで底意地の悪そうな、という形容詞が、必ずついてくるが。

彼女の性格は、決してそのような不遜なものではないのだが、生来の顔立ちがきつすぎた。とくに吊りあがった目と赤い唇は、周囲に、鼻持ちならない女性という印象を与えるらしい。普段はそのことに哀しい気持ちになることも多いけれど、カリスフォード家が「いかにも」な貴族令嬢を求めているのなら、決してマイナスではない……と思いたい。

そんな思いから、セーラは優雅な貴族令嬢という態度を保ち続けていた。

一方先ほどから、壁際に立っている若いメイドはソワソワと落ち着かない様子を見せている。きっとセーラと同じように、廊下から漏れ聞こえる騒ぎに胸をざわめかせているのだろう。

立場が立場でなければ、セーラだっておろおろしたい。

若いメイドの手を握り締め、動揺を示しつつ叫びたい。「仲間よ！　わたくしもめちゃくちゃ、戸惑っているわ！　カーク様がいなくなったってどういうこと⁉　この婚約どうなるの⁉」——と。

（いったいカーク様はどうしてしまったのかしら……っ）

カークと直接会うのは今日が初めてだったが、これまで約一年にわたって手紙のやりとりをしていた。実直そうな彼の性格を好ましく感じこそすれ、こんな事態を起こす人には到底思えなかったのに。

セーラは、きっと彼には彼なりの、どうしようもない事情ができたのではないか、と考えることにした。そしてこれ以上カークの事情を詮索することをやめ、今の状況をどうきり抜けようかと知恵をめぐらせる。

どうあってもセーラは、この結婚を成立させなくてはならない。なぜなら、セーラの生家にはとにかくお金がなかった。その実態は貴族というよりも、平民に近い。

だからこそ、この家——隣国の大商会であるカリスフォード商会の男性と婚約したのだ。

カリスフォード商会の代表であるトーマスの弟、カーク。彼との結婚一つで多額の援助金を得ることができる。

世の中、愛よりも金だ。先立つものは、何ごとにも大事である。

（お金さえあれば、ウチの領民も無事に冬を越すことができる！）

セーラがこの婚約に拘っているのには、そんな理由があった。

大規模な天災が重なり、セーラたちホワイト家が守る領は、近年、ひどい貧困に喘ぎ続けているのだ。

できるかぎりの対策を講じてきたがついに万策が尽き、今年は冬を越せない領民が出るかもしれない。

セーラは、このどうしようもない有様を打破するために、心配する家族を宥めて、今回の婚約を成立させた。

そして自分との結婚は、カリスフォード家側にも大きなメリットがある話だったはずなのだが……

(少なくとも、廊下の声を耳にする限りは、この逃亡はカーク様の独断みたいよね)

カリスフォード家自体にまだセーラとの縁組を望む気があるのであれば、婚約破棄を免れることができる。だが、肝心の婚約者がいなければ結婚できないままだし、援助金も手に入らない。

いったいどうしたものか……

そう考えていた直後、扉がノックされ、やや張りつめた声がした。

「――失礼します」

入室してきたのは、見上げるほどに長身の男性だ。セーラも女性にしては背の高いほうだけれども、彼と並べば小柄に見えるだろう。

男性は、艶のある白銀の髪を後ろに撫でつけていた。顔は、鼻梁がスッと通り、非常に整っている。ただ、金褐色の瞳が、どことなく神経質な印象を与えていた。

極めて美形ではあるが、近寄りがたい印象を受ける男性である。

セーラは彼の顔に見覚えがあった。

「あら……確か、トーマス・カリスフォード様でしたかしら?」

男性は、カークの兄、トーマスだった。

カークの家族に会うのも初めてだ。だが、隣国の大商人であるトーマスはセーラの国でも評判で、その絵姿を目にしたことがあったのである。

カークと少し年の離れたトーマス・カリスフォードは、快活な印象を与えるカークとは異なり、硬質なガラスのように硬く、そして繊細なイメージの男性だ。

トーマスの姿を目にしたセーラは、少し考えてから、内心でほくそ笑んだ。

——別に、婚約者がカークでなくともよいのだ。

元々、愛情を前提として婚約していたわけではない。利害の一致があったから、結ばれていた関係だ。

手紙のやり取りをするうちに、カークに対して友愛の情を抱くようになっていたものの、それ以上の深い気持ちはない。

つまり——この、飛んで火にいる夏の虫の如くやってきた兄が結婚相手に代わったとしても、セーラは構わないのだ。

トーマスが紳士的にセーラに挨拶をする。

「ええ、カークの兄のトーマスです。弟が少し席を外し……少々、帰ってくるのに時間がかかっているようなので、私がお嬢様のお相手をと思い、参上いたしました」

「まあ、嬉しい」

セーラはトンと小さな音を立ててカップを置く。微笑を浮かべると、トーマスのこめかみの辺りがピクンと小さく反応した。警戒心を抱いているに違いない。

きっと今の自分は、何かアクドイことを企んでいるように見えるのだろう。

まあ実際、悪いことを考えている。

セーラは落ち着いた声で、トーマスに話しかけた。

「カーク様が席をお立ちになられて、随分時が経ちますもの。そろそろ、退屈していたところですわ。ねえ、トーマス・カリスフォード様？　あなたの弟君は、どちらにいらっしゃるのかしら？」

おそらくカークは、すでにこの屋敷内にいないはずだ。

できることなら、カークの首根っこを掴みあげて、「どういうこと!?」と言いたいところではある。

しかし、今は婚約者が逃亡したという事実を利用しよう。イニシアチブを握っているうちに、話を進めるのだ。

このまま、この結婚がなかったことにされたら、たまらない。

(掴め、金ヅル！　領民のために！)

「……まさか、婚約者との結婚の打ち合わせの場――貴族たるわたくしと顔を合わせる席で、無礼にも姿を隠し、そのまま戻ってこない……などということは、ございませんわよね？」

フフフと、セーラは笑った。高圧的な貴族令嬢に見えるように、きっちりとオドシをかける。

これなら無理難題をふっかけても、違和感がないだろう。

内心では、「無礼」なんて生まれて初めて口にしたと、罪悪感に苛まれているとしても……

「ねえ。トーマス・カリスフォード様」

「……なんでしょう……セーラ・ホワイト嬢」

普段は大きな商会のトップとして辣腕をふるっているであろうトーマスの顔に、ありありと「嫌な予感がする」と書かれていた。実際にその勘は大いに当たっているので、セーラは拍手を送りたい気分だ。

（鋭い勘ですこと）

多分、彼女が平民の娘であれば、トーマスは、なんだかんだと理由をつけて物事を自分に有利な形で進めただろう。

だがしかし、現状は彼にとって過酷である。

セーラは、隣国ユーグラシアのホワイト伯爵の娘だ。たとえ貴族とは名ばかりで没落していようとも立場的には強い。

セーラは覚悟を決めた。

正直、ものすごく怖いけれど、行くしかない。

（勝負をかける！）

「わたくし、婿様がカーク様でなくとも構いませんのよ？」

結婚相手が弟ではなく、兄のトーマスに代わってもよいのだと言外に伝える。

そして、セーラはカップを置いた。空いた手で母から譲り受けた大事な扇子を持ち、口元を隠す。

そうすると、ますます自分の顔立ちが酷薄で意地が悪そうに見えると、彼女は知っていた。演出としてはぴったりだろう。

（勝負どころだ。ハッタリ上等！）

人生初の賭事である。

心臓はバクバクと鳴り響き、背中には汗がびっしょりと噴き出ていた。それでも、セーラは精一杯の虚勢を張って、トーマスを脅す。

自分は希代の悪女なのだと、自己暗示をかけた。

「フフフ。わたくしの旦那様になるのは、だぁれ？」

逃げ出した弟か、それとも残っている兄か。

もはや他に選択肢はないだろうと、セーラは笑いながら迫った。


半月後、白いウェディングドレスに身を包んだセーラの横には、苦虫を噛み潰した様子を隠しもしないトーマス・カリスフォードがいた。

セーラ以外の前では、きちんと幸せな新郎の姿を演じているようだが、少なくともセーラの前で彼は、自分の感情を隠す気がないらしい。

それでもセーラは満足していた。

「わたくし、きっと幸せな家庭を築いてみせますわ」

多額の援助金をもらえるのだ。

かわりに、必ず役に立ってみせると艶然と微笑む。

そんなふうに内心で燃えているセーラの姿は、残念ながら彼女のことをまるで知らない他人――たとえば、出会って半月程度しか経っていないカリスフォード家の面々には、これからバンバン浪費して贅沢三昧（ぜいたくざんまい）な生活をする気満々に見えてしまっていた。

もっとも幸か不幸か、そのことにセーラ自身が気づくことはない。

伯爵令嬢セーラ・ホワイトと、その隣国の大商人トーマス・カリスフォードの二人による、すれ違いばかりの新婚生活は、こんな婚約者の逃亡劇により幕を開けたのであった。

第一章　元伯爵令嬢の夜会デビュー

「これは実に見事なドレスですね、セーラ嬢」

「まあ。もう夫婦となったのですから、どうぞセーラとお呼びください。旦那様」

本日は、セーラとトーマスが夫婦になって初日であった。

即席の夫婦である二人に新婚の甘い雰囲気はなく、会話はどこかよそよそしい。

それでもセーラは、トーマスと仲良くやっていこうと決意していた。

元々、故郷では身分に関係なく、誰とでも友好的な関係を作っていたセーラである。生来のコミュニケーション能力は高い。顔立ちで敬遠されることがなければ、スムーズに知人、友人を作ることができた。

そのいつもの調子でトーマスに接するのだが、いかんせん、相手の反応はイマイチであった。

自分のことは名前で呼ぶように頼みながら、精一杯に親しげな雰囲気の笑顔をつくると、なぜか夫の顔が引きつる。

「……では、セーラと呼ばせていただきますが……」

「旦那様……。妻に対し、あまりにも丁寧な物言いは、いかがなものか、と。わたくしは確かに貴族の出ではありますが、今はあなたの妻でございますもの。もっと、砕けた感じでよろしいのではないでしょうか？」

大商人とはいえ平民であるトーマスが自分に気を遣うのはわかるが、夫婦になったからにはもう少し打ち解けてもらいたい。セーラがそう主張すると、トーマスはどうにか頷いた。

「そうです――いや、そうか。ならば、あなたの望むままにふるまわせてもらう」

「ええ、それがよろしいかと」

今、二人は次の夜会でセーラが身に着けるドレスを選んでいた。

選ぶといっても、彼女が持つマトモなドレスは二着しかない。貧困に喘ぐホワイト家は、娘に花嫁道具を持たせる余裕などなかったゆえだ。

一方カリスフォード家でも、セーラが嫁ぐにあたって何も持ってこなかったのは、家財道具のすべてを夫が揃えるのが当たり前だとでも考えているのだろう、と苦々しく感じていた。

一応、ホワイト家が多額の援助金目当てにセーラを嫁に出したことは理解していたが、どれほどのレベルで困っているのかまでは把握していなかったのだ。

乗り込んできたセーラが、派手な美女だったこともあり、自分たちの贅沢による散財で首が回らなくなったのだろうと予想していた。

それはともかく、セーラは母から譲り受けた一張羅の真紅のドレスを着て夫に微笑む。彼から褒められ、まんざらでもないのだ。

トーマスも、少なくとも表面上は満足そうに頷いた。

「――それにしても、これほどまでに立派なドレスには……合わせる装飾品を悩んでしまうな」

彼は、低くうなる。そして、自身が用意させた美しく高価な装飾品の中からいくつかを見繕い、セーラに合わせていった。

セーラは、高価なものにあまり馴染みがない自分より、大商人として辣腕をふるう夫に任せたほうがいいと判断し、大人しく着せ替え人形と化す。

「これなど、いいと思う」

「そうですわね」

「これも、悪くない」

「だと思います」

ただ、しとやかな態度で、トーマスに頷き続けた。

気のない返事をしているわけではない。次々に提案されるものがあまりに立派すぎて、緊張しているのだ。

彼女がこれまで身に着けたことがある装飾品といえば、仲の良い領民からの誕生日プレゼントである木の実のペンダント程度だった。――ちなみに、そのペンダントは、花嫁道具の一つとして大事に持ってきている。もっとも、それを身に着けて夜会に出るのは無理だと、さすがのセーラにもわかっていた。

今、自分の首につけられている、真っ赤な石をあしらった銀細工のネックレスを見て、彼女は内心で目を回していた。

(ほ、ほ、宝玉が大きい！　すごく立派！　めちゃくちゃ高そう！)

実際の値段はわからないものの高価だということだけは、ヒシヒシと伝わってくる。これを夜会で身に着けるのだと思うと、大変動揺した。

けれど、トーマスはそんなセーラの態度を違う意味にとったようだ。眉を顰めて、妻の顔をうかがう。

「……この中に、あなたを満足させるものはなかったのかな？」

「え？」

セーラは思わず素っ頓狂な声を出してしまった。貴族令嬢らしからぬ態度に、慌てて誤魔化すように笑う。

「おほほ。……な、なぜソノヨウナ？」

「いえ、あまり反応がないようなので……」

「そ、そんなことはございませんわ。あまりに立派な品々に、言葉を失っていただけです」

本音を伝えるが、トーマスの反応はあまり芳しくなかった。あきらかに納得していない表情のままだが、それ以上の追及はない。

「……ならば、いいのだが」

そして何か言いたげな雰囲気を残しながら、セーラの装飾品を揃えていった。

しばらくして、セーラが母親から譲り受けたお古のドレスは、トーマスの用意した装飾品のおかげでよりいっそう煌びやかなものになった。黒檀のように深い闇色のセーラの髪が際立つ。

それを見たトーマスは、満足そうに呟いた。

「実に美しい」

そこに、恋情めいたものは一切ない。ただ、自分の手で作り上げた商品を鑑賞しているような態度だ。

それでも、夫に褒められることが嬉しく、セーラは艶やかな大輪の薔薇のように微笑んだ。

※　※　※

トーマスが代表を務めている大商会カリスフォード家には、あり余るほどの資金がある。

その額は、そこら辺の貴族よりもよほど多い。

それでも、いくら金を積み上げようと手に入れられないものがあった。

それが、生まれ持った位だ。

平民の生まれであるトーマスは、正攻法ではこの国の貴族と知り合いになることすらできない。

だが、商売をより手広くやるには、どうしても貴族との繋がりを作りたい。そのために、婚姻という形で貴族と親戚になる必要があった。

けれども、平民の家に嫁に行くということは貴族の娘たちにとって、耐え難いものだったようだ。

カリスフォード家の資産を欲していても、貴族としての矜持ゆえ、名乗りを上げる家はない。

ようやく探し出せたのが、隣国ユーグラシアのホワイト伯爵の令嬢、セーラ・ホワイトである。

他国の貴族であろうとも彼女の夫としてであれば、この国の貴族と付き合うことができる。

折よく彼女の家は、多額の援助をしてくれる嫁ぎ先を探していた。

貴族との繋がりを切望するカリスフォード家と、財力を求めるホワイト家の望みは一致した。

とはいえ、トーマス自身にセーラと結婚する気はなかった。だから、彼女と年齢の近い弟のカークに任せるつもりだったのだ。

そもそも、夜遊びの激しい自分に高貴な生まれのご令嬢の旦那が務まるとは考えられない。

けれど、婚約者であったはずのカークに逃げられた後、セーラは迫力のある笑みを浮かべてトーマスに迫ったのだ。

「これは利害の一致による、ビジネスのようなもの。婚礼の式を挙げ、紙切れ一枚にサインをすれば終わる代物。そうでございましょう?」

相手は誰でもいいのだと、彼女は口角を上げる。そして、ドレスの端を摘み上げ、淑女の礼をとりながら言った。

「どうかわたくしを、お嫁さんとして買っていただけませんこと?」

我侭な貴族娘の相手をするのは苦痛だ。

だが、トーマスの夜の『社交』――女性関係を知っているらしいセーラは、自分にマトモな結婚生活を求めないと暗に言う。代わりに得るのは、貴族社会への招待状。

それが、セーラとトーマスの間で交わされた約束である。

そして今、その鍵をもたらした妻は、トーマスの前で婉然と微笑んでいた。

夜会用の真紅のドレスに身を包み、カリスフォード商会が用意した宝玉でドレスアップしたセーラは美しい。

その姿を見つめ、トーマスは感嘆の息を漏らす。

彼女のおかげで、貴族と言葉を交わし、商談へ持ち込むことができる。

「――実に美しい」

思わず呟くと、妻の微笑が深くなった。

「では、今度の夜会にはこちらの格好で参りましょう」

バッと開いた扇子を口元に当てながら、セーラが宣言する。

トーマスは、数日後に開かれる夜会での成功を確信した。

※　※　※

――セーラはパチパチと瞬きを数度繰り返した。目に入るのは、まだ見慣れない素敵な模様が描かれた天井だ。

カーテンを引いた窓の外では、小鳥がさえずっている。

己の身をもっふりと包む、ふかふかの寝具が気持ちいい。素肌を覆うのは、絹でできたネグリジェだ。

「あー……。金持ちの朝が遅いのは、こういうわけだったのねー」

この屋敷に身を寄せてから、何度となく思ったことを口に出す。快適な寝具が、起きようとする身体を引き止めるのだ。

まだ起きなくてもいいじゃない。もっと堪能すればいいじゃない。そう誘惑するものだから、朝目覚めることが辛い。

そんな強烈な誘惑を、「えいや！」と撥ね飛ばし、セーラは身を起こした。

朝早いこの時間、まだ暖炉の火はついていない。

寝台を下りたセーラは、近くに置いていた上着を羽織り、寝室に併設された洗面所で洗顔と歯磨きを終える。そうして、冷たい水で完全に目を覚ますのだ。

セーラの自室として与えられた部屋は、実に豪奢だ。

この部屋の中にあるものを売り払えば、ホワイト領でお腹を空かせている子供たちの腹を満たすことができるだろう。さすがに、そんなことはできないけれども、ふとした瞬間に、「売っちゃ駄目かしら？」などと悪魔の誘惑に駆られる。

素足で歩いても問題ない、ふんわりとした厚手の絨毯を足の裏に感じながら、セーラはカーテンをあけて、窓の外を見た。

素晴らしい庭園が目に映る。

美しく管理された庭園は、季節によって様々な花が咲き誇るらしい。今は愛らしい桃色の花が満開だった。

それを微笑ましく感じる一方で、これだけ広い土地に食料になるものを何も植えないのを、勿体なく感じる。

そんな貴族らしくない自分に苦笑した。これも性分というか、生まれ育った環境のせいだろう。

そこに、扉を叩く小さな音が響き、次いでどこか怯えたような少女の声が聞こえた。

「し、失礼いたします」

こちらの返事を待つことなく扉が開く。

「きゃ！　奥様！　おは、おはようございます！　す、すぐに暖炉に火を入れますね！」

この時間帯に主人が起きているとは思わなかったに違いない。窓辺に立つセーラに気づいた少女は、慌てて中に入って来た。

彼女の名前はベッキー。年齢はセーラの三つ下の十五歳だ。セーラよりも頭一つ分以上小柄で、身体つきも随分とほっそりとしている。茶色の髪を二つに分けて三つ編みにしている彼女の青い瞳には、無垢さとしっかりとした芯が併せて見えた。

鼻の周囲にそばかすが散る顔立ちは美少女ではないけれども愛嬌がある。

ベッキーはセーラ付きのメイドだ。

まだ新人で、本来ならば当主の奥方に付くような立場ではないが、セーラの年齢を考慮したのか、メイド長の命により、セーラに付いている。

ちなみに、もう一人いるセーラ専属のメイドも年若い。そちらのメイドは朝食後に顔を出すことになっている。

セーラは可愛らしいメイドに微笑み、挨拶をした。

「あら、おはようベッキー」

「お、遅くなりまして申し訳ありません！」

ペコペコと謝りながら、ベッキーは暖炉へ足早に近づいていく。

彼女の朝一番の仕事は、セーラの部屋の暖炉の火を熾すことだ。

通常は、仕える主人の目が覚める前に部屋を暖めなければいけないのだが、セーラは使用人よりも早起きで、毎度ベッキーの出端をくじいていた。

本日も主人の起床に間に合わなかった彼女は、焦った様子で一抱えほどの木桶の中からたくさんの黒い石を取り出す。

この黒い石は、魔石と呼ばれるもので、この屋敷がある都市ミラーノで主なエネルギー源として使用されていた。用途によって、いろいろな大きさと形があるらしいが、色はどれも黒檀に似た黒だという。

故郷にはなかった珍しいものを、セーラは興味深く眺めた。

「遅くなんてないわ。そんなに慌てなくてもいいのよ」

できるだけ優しく微笑むセーラに対し、ベッキーはますます怯えた表情になる。

彼女と接するようになって、まだ数日。ベッキーがセーラに馴染む気配はなかった。

セーラとしては、できれば仲良くなりたいのだが、奥様と使用人という間柄では難しいのかもしれない。

彼女の顔から緊張感がなくなるのには、もう少し日数が必要そうだ、とセーラはため息をついた。

その間に、ベッキーは暖炉の前にしゃがみ込み、魔石を暖炉の中に積み上げる。そして、二つの魔石を打ち鳴らし、その石をほんのりと橙色に輝かせた。輝いた石を積み上げた石の山に載せる。次第に橙色が他の魔石に移っていった。

　部屋の中がすぐに暖まってくる。

「ありがとう、ベッキー」

「い、いえ！　あの、お召し物は……本日も？」

「ええ。自分で着替えるわ」

　カリスフォード家に嫁いで驚いたことの一つに、メイドが衣服の着脱を手伝おうとすることがある。

　セーラは、小さな頃から自分のことは自分でする生活を続けていたので、他人に手伝われることには抵抗を覚えた。

「ベッキーは、そこに座っていてね」

　ふかふかの一人がけのソファーを指し示す。暖炉の近くにあるその席は、暖かくなった室内でもっとも心地のいい場所だ。

　ベッキーはセーラの言葉に躊躇いを見せる。

「でも、やっぱり、その……」

「いいのよ。すぐに部屋を出たら、あなたが叱られてしまうでしょう？」

　実は、このやり取りは毎朝のことだ。

　着替えを手伝えないベッキーが手持ち無沙汰でおろおろしているのを見かねて、セーラは座って待つことを勧めていた。

ベッキーは抵抗するものの、結局セーラに逆らうこともできず、毎回、借りてきた猫のようにソファーに座る。

セーラはそれを見届けてから、着替えをするためにクローゼットルームへ入るのだ。そして、戸の隙間から、そっとベッキーの様子をうかがった。

セーラの前では緊張した顔ばかりのベッキーが、彼女のいないところでは、ソファーの座り心地を確かめて顔を綻(ほころ)ばせている。

「可愛い……」

自分にもあんなに可愛い顔を見せてくれればいいのに。そう残念に思いながら、着替え始めた。

クローゼットルームにかかっているものは、九割が己(おのれ)の夫となったトーマスが用意したものである。

ほとんど身一つで嫁(とつ)いできたセーラを見かねて——おそらくは、あまりにもみすぼらしくて驚き、厚意というよりも、家の格を下げないために、たくさんの衣服や装飾品、それに化粧品を与えてくれた。

とはいっても、彼が自分で選んだものではないだろう。

自室にあるものはすべて好きに使っていいと説明している時のトーマスの、実に面倒そうな顔つきを、セーラは忘れられそうになかった。

貴族の娘の嫁入りとなれば大量の衣服や家具、それに自分付きのメイドを連れてくるのが普通だ。

セーラとセーラの家族とて、そうしたい気持ちは当然あった。けれども、ホワイト家には嫁入りする娘に持たせられるものがほとんどなかったのだ。

それを申し訳なく思いつつも、セーラはありがたく用意された高級な服を身に着ける。

日中用のドレスを着たセーラは、一度コホンと咳払いをした。わざとゆっくり扉を開けると、最初に腰を下ろした時と同じようにベッキーは行儀よく座っている。

そして彼女は慌てて立ち上がり、セーラのもとへ足早にやってきた。

「おぐしを整えますね」

「お願いするわ」

セーラ自身は、仕事の邪魔にならないかぎりどんな髪型でも気にならないのだが、こちらではそうはいかなかった。それに、セーラがやらなければいけない仕事は特にないので、現在、髪型についてのこだわりは皆無に近い。そんなわけで嫁いで以来、ベッキーに髪型を任せるようにしていた。

着替えだけは自分でさせてもらっているけれども、彼女から仕事を奪いすぎるのは気が引ける。

何よりも今までと違い、みすぼらしい格好をしていては、旦那様となったトーマスに迷惑をかけてしまう。

「髪型はいかがいたしますか?」

「お任せするわ」

(邪魔にならなければなんでもいい……)

その言葉は心の中だけで続ける。

セーラはドレッサーの椅子に腰かけ、ベッキーにされるがままになった。メイクも施してもらう。故郷では、特別なことがなければ化粧などしなかった。本音では、メイクは苦手なのだ。だがこれもまた、大商会の当主夫人となった己の務めだと、自分に言い聞かせた。

すべての準備が終わると、部屋を出てベッキーを連れダイニングへ向かう。

ダイニングルームの長いテーブルには、セーラ用の朝食が準備されていた。

生野菜のサラダに、スープとパン、それに卵料理だ。飲み物は常に二種類も用意されている。

「おはようございます、奥様」

年配の女性が、平淡な口調で挨拶をしてきた。

背中にものさしを入れているかのように真っ直ぐに伸びた背筋と厳しい眼差しを持つこの女性は、メイド長のミンティーである。

彼女はカリスフォード兄弟の乳母でもあり、忙しかった二人の両親にかわり、兄弟を育ててきたという。それが兄弟の成長に伴い、メイド長へ出世した。

「おはよう、ミンティー」

セーラは軽く挨拶を返す。

今のところ、ミンティーの笑う姿を一度も見たことがない。

決して、粗雑にされているとは思わないけれど、温かみのある態度で接してもらえないことが寂しかった。

それでもめげずに、笑顔で尋ねる。

「今日も旦那様はいらっしゃらないの？」

「すでにお仕事に向かわれました。お忙しい方ですから――」

日がな一日、屋敷内で時間を無為に過ごしているあなたとは違って……という言葉が、聞こえてきそうな表情で、ミンティーは答えた。

屋敷の女主人に対するものとしてはあんまりな態度だが、そう言われても仕方がない生活を送っている自覚のあるセーラは「そう」とだけ答える。

そして席に着きながら、苦笑を浮かべた。

セーラがトーマスと朝食をともにしたことは、一度もない。朝食に限らず、昼食も、夕食もである。

仕事が忙しいというのも嘘ではないだろうが、自分と顔を合わせたくないのかもしれないと、セーラは思っていた。

最初から、形だけの夫婦だ。仕方がないことだとも考えられるが、一人で食事をとるのは、どうも慣れない。

生家では、食事は家族全員でとっていた。

出されるメニューは質素であるものの、温かな談笑が何よりのスパイスだったのだ。それがこの屋敷に来てからは、まるでなくなってしまった。

思えば、トーマスときちんと会話をしたのは、夜会用の衣装合わせをした日が最後である。

夫婦でありながら、寝室も別で食事も別。完全に冷え切った、というよりも燃えることすらない新婚生活だ。

それでも、セーラは不本意な妻に対するトーマスの気前のよさに、とても感謝していた。

実家では一日二食であるのに、ここでは三食に加えておやつも用意される。そして、そのどれもが見たこともないほど素敵なメニューだ。

（今朝もふかふかのパン……スープにも具が入っていて、なんて贅沢!!）

用意されていた朝食に、うっとりと心の中だけでテンションを上げる。こんな素晴らしい食事が朝から供されるなど、実家では考えられないことだ。

とくに、パンが素晴らしい。白くてふかふかしているのだ。

セーラがホワイト領で口にしていた、雑穀だらけでたまに石やら砂まで混ざっていたパンとは歴然とした差がある。

カリスフォード家との財力の違いもあるが、ホワイト領とここミラーノとの文化の差でもあるのだろう。ホワイト領はお金がないので、発展が滞っているのだ。

（……ああ、皆にも食べさせてあげたい……）

今日もセーラは美味しい美味しいと心の中で呟きながら、元気にパンを食べ終えた。

「美味しかったわ」

「さようでございますか」

ミンティーが淡々とした口調で返し、ベッキーがすぐに空いた皿をさげる。それを見届けてから、ミンティーは再び口を開いた。

「奥様、本日はどのようにしてお過ごしになりますか？」

いかにも義務といった態度を崩さず会話を進める。

初めて顔を合わせた時から、ほんの少しも変わらない。この屋敷内で、彼女ほどトーマスのことを知っている人間はいないので、セーラとしてはできれば仲良くしたいのだが……攻略は難しそうだった。

セーラは内心のため息を隠して、微笑む。

「そうね……本日も、図書室で過ごさせていただくわ」

そう告げて、席を立った。すると、サッとベッキーがドアを開ける。

ほんのわずかに首を後ろに回して背後を見ると、正しい姿勢で、ミンティーが頭を下げるところだ。

下を向き隠れた彼女の顔にどのような表情が浮かんでいるのか——セーラには、わからなかった。

※　※　※

「ベッキー。このお菓子、美味しいわ」

朝食後しばらくして、ベッキーは、図書室でくつろぐ己の主に、紙に包まれた焼き菓子を見せられた。

最近この屋敷に嫁いできた主は、少々風変わりな人らしい。

「他の人には内緒よ？」

そう言って、ベッキーの口にお菓子を放り込む。

このお菓子は、ミラーノでも人気のある高級品で、通常であれば一介のメイドであるベッキーの口に入ることはない代物である。

主――マダム・セーラは、悪戯をしかける子供みたいに目を細めた。その笑顔は、貴族然とした冷たいものであるにもかかわらず、なぜかベッキーには優しげに見える。

「あ、あ、ありがとうございます」

彼女は菓子を呑み込んで、お礼を言った。それを静かに聞き届けたセーラは、図書室内をゆっくりと散策し始める。

ベッキーはセーラの後を静かに追いかけながら、自分たちはこの人のことをだいぶ誤解しているのではないだろうかと、思った。

メイド長のミンティーからは、セーラは傲慢な貴族令嬢で、トーマスは彼女に騙され渋々結婚することになったのだと聞いている。それも婚礼を挙げるにあたり、多額の金を要求したらしい。煌びやかなドレスを着て乗り込んできて、全くお金には困っていなさそうだったにもかかわらず、である。そのことは、屋敷内で働く者ならば誰でも知っていた。

その上、持参金どころか、自分の家具や衣装、メイドの類は一切持たず、すべてカリスフォード家に用意させた。

「貴族だからって、何様だ」

それが、使用人たちの総意だ。

とくに最も古株に当たるメイド長のミンティーは、セーラを嫌っていた。言葉遣いは丁寧だが、まるで心がこもっておらず、慇懃無礼な態度で接している。

旦那様のためにも、それほど彼女を厚遇する必要はない、というのが彼女の意見だ。

そういった事情があるせいか、セーラに付けたメイドの選択もおかしい。

ベッキーがカリスフォード家のメイドとして雇われたのは、ほんの半年ほど前のことだ。

年若く、まだ経験の浅いベッキーは、大きな失敗をすることこそないものの、メイドの仕事をそつなくこなすには程遠い。筋はよいと周りのメイドたちから慰められているが、屋敷の奥様の専属になれる技量がないのは明らかだ。

——それなのに、数日前。

「わ、わたしが……奥様付きですか⁉」

ミンティーにメイド長室に呼び出されたベッキーは、倒れそうになった。

このたび、若様——トーマス・カリスフォードの嫁としてこの家に入るのは、異国のとはいえ、貴族のご令嬢だ。

そう貴族だ、平民ではない。

何をどう間違えて、自分のような未熟者に奥様付きのメイドを、という話が来るのだろうか。

けれど、ミンティーは平気な顔で返した。

「そうですよ。何か不満がありますか？」

「ふ、不満ではない……のですけど」

ベッキーは声を震わせる。不満など、言えるわけがなかった。自分はその立場にいない。

だが、不安は山のようにある。

悪夢なら、すぐ醒めてほしいと、ベッキーは願った。けれど、一向に醒める気配はない。

「でしたら、問題はないでしょう。あなたは年若くはありますが、仕事ぶりに大きな問題はありません。奥様とは年齢も近いことですし、しっかりとご奉仕なさい」

ミンティーの熱のない瞳には、有無を言わせない強さがあった。ここで逆らえば、首を切られてしまうかもしれない。そんな情のなさが、ミンティーからは感じられる。

ベッキーは仕方なく頷く。

「……わかりました」

まだ経験値の低い新米のベッキーがお貴族様相手にうまく立ち回れるわけがないが、どうにか対応していくしかないだろう。

なんとも胃が痛く、気が重い話である。

その上、メイド長はさらにとんでもないことを口にした。

「ああ、もう一つ。あなたの助手として、ロッテをつけます」

「え!?」

ベッキーは思わず声を漏らした。

ロッテというのは、まだ十歳になったばかりの幼い少女で、メイド見習いである。

新人の自分から見ても、彼女にできることは数少ない。どう考えても、奥様に付けることができる人材ではなかった。

「ど、どうしてロッテを？」

「わたくしが決めたからです。なんですか？　理由をあなたに話す義務が、わたくしにあるとでも？」

ミンティーは突き刺すような視線で答える。ベッキーは言葉を失い、これ以上何を尋ねても無駄であると悟った。

そして、セーラを迎えたのだ。

初めて目にした本物の貴族。セーラを見たベッキーは、彼女は本当に同じ人間なのだろうかと息を呑んだ。

漆黒（しっこく）の豊かな髪に、月のない闇夜を閉じ込めたような深い色の瞳。透（す）き通（とお）るほどに白い肌をした手足は長く、細身だが女性としてしっかりと肉がついている。

そこに存在するだけで場が華やぐ艶（あで）やかな色香。その圧倒的な存在感は、ベッキーを打ちのめそうとしているみたいだ。

その華やかな美貌（びぼう）の中に、毒が混じっているように感じる。それは、きっと奥様の目の形がきついからだろう。

「――よろしくお願いしますね、ベッキー。それにロッテ」

顔合わせの際に、かけられた声にうまく返事ができたのかどうかは、緊張しすぎて覚えていない。

なぜなら、薄く微笑むセーラからは、少しでも粗相をすればただでは済まさないというような、迫力と冷たさが漂っていたからだ。

口元を隠す扇子のせいで表情があまり見えないのが、余計怖い。

きっと、セーラは皆が噂しているとおり恐ろしい人間に違いないと、ベッキーは唾を呑んだ。

ただでさえ、貴族が平民を見下すのは当たり前である。

ベッキーは、新しく自分の主人になったセーラの機嫌を損ねないよう、びくびくと萎縮しながら日々を過ごしていた。

(――けれど……)

今、口の中に広がる甘さを感じながら、ベッキーは胸の中に滲む苦味に苦しむ。

セーラは本当に横暴で冷たい人なのだろうか……

彼女が今日まで未熟な自分を叱ったことなど、一度もない。文句一つ口にしなかった。

その上――

(今朝もお食事の内容が、旦那様と違っていた)

ベッキーは以前、トーマスの食事の内容を見る機会があった。それは自分たちが食べるものとはまるで違う、豪華なものだ。

裕福な家庭の食事としては、それほど珍しくないと聞くけれども、貧しい大家族で育ったベッキーからしてみれば、お城に住む王様のような食卓に見えた。

それに比べ、マダム・セーラに用意される食事はいつも質素なものだ。しかも焼き立てのパンをわざわざ冷えるまで待ってテーブルに並べるように指示されている。

もちろんその命令を出したのはミンティーだ。

ベッキーにはセーラがなぜ文句を言わないのかわからなかった。もしかしたら不満を口に出さないのが貴族の矜持なのかもしれない。

きっと故郷のお屋敷ではもっと贅沢なものを食べていただろうに……

とはいえ、このままでいれば、いつかマダム・セーラの不満は爆発するだろう。それを、メイド長がわからないはずはないのに……

(メイド長は何を考えているのかしら?)

そして、こんな現状をトーマスはどう思っているのか。誰よりも大事にしなければならない相手のはずなのに。

上の考えることはまるでわからない、とベッキーはそっとため息を落とす。

棚から本を一冊取り中身を確認するセーラを見守りながら、ベッキーは己がどうすればいいのかと悩むのだった。

※　※　※

昼食を終えたセーラは、ベッキーと、メイド見習いのロッテを連れて街へ足を延ばすことにした。

嫁いでから今日まで屋敷を出ることがなかったので、たまには外の空気を吸ってみようと思ったのだ。

元々、屋敷内にいるよりも外で身体を動かすほうが好きなセーラだ。大人しく図書室に引きこもる日々に限界を感じていたのである。

街に続く道の途中まではカリスフォード家の馬車を使ったが、早めに降りて少し歩きで散策する。

本音を言えばスカートをたくしあげて走り回りたいと思っているセーラだが、大商人の夫人となった身なのだと自制した。

また、顔があまり見えないように、つばの大きな帽子をかぶっている。衣類も、華美ではないちょっと上質程度のものを選び、いいところの奥様という体を保った。

街の人間にトーマスの新妻が出歩いていると、ばれたくない。というのも、この街では、お金持ちの奥様はあまり外に出ないのだそうだ。

「奥様。わたくしたちから、離れないでくださいね」

ベッキーとロッテもメイド服ではなく、私服を着ている。余所行きらしい可愛い服に身を包んだベッキーが心配そうにセーラに告げた。

その言葉に、ロッテが独特の口調で続く。

「たまにお財布を盗る悪い人が出ちゃうんですわよぉう」

まだ十歳のややぽっちゃりとしたロッテは、茶色の髪を肩の上で切り揃え、子供特有の丸みを帯びた顔をしている。

セーラは、ロッテの注意に驚く。

「まあ？　人の金品を盗って、どうするのかしら？」

「……そ、それは……生活の足しにしたり、その……遊楽費にしたり……」

言いにくそうに、ベッキーが答えた。

「……なるほど」

セーラはその言葉に納得する。気持ちはわからないではないけれども、してはいけないことだ。そんな不道徳を働く人間など、実家が治めるホワイト領にはいなかった。

「華やかに見えるミラーノにも、ホワイト領よりも貧困に喘ぐ民がいるということなのね……」

他人の財布に手をかけるほどだ、相当切羽詰まった状態なのだろう。悪事である以上、肯定する気にはなれないが、故郷の民たちの生活や自分たちのことを顧みて、セーラは同情的な気分になった。

けれど、すぐにベッキーに否定される。

「いいえ。このミラーノは、近郊に比べて豊かだと思います。ウチも家族が多く贅沢をしたことはありませんが、毎日きちんと食事できていましたから」

その言葉にロッテも同調した。

「ロッテも孤児院育ちなのですが、毎日食事はちゃんと出ていましたわ、奥様。……ちょっと、少なかったですけど」

孤児院という単語に興味を惹かれたセーラは、ロッテを見た。

「ロッテ。あなたは、孤児院の出身なの？」

ホワイト領にも小さい孤児院が存在していた。身寄りのない子供たちを育てるために教会を改装したもので、セーラもよく手伝いに行っていたのだ。なんとなく、懐かしくなる。

「はい、奥様。ロッテは、六歳になるまで孤児院で育ちましたの。今は、親切なお養父さんに引き取られて、二人で暮らしているんですのよ」

「奥様。おそらく、ロッテが育ったのは、カリスフォード家が運営している孤児院です」

ロッテの言葉をベッキーが補足した。

ますます興味を惹かれたセーラが詳しく聞くと、カリスフォード家は慈善活動にも積極的で、その一環として孤児院を経営しているらしい。

金持ちにしかできない社会貢献だと、セーラは感心した。

「それは大変素晴らしいことね。ねえ、その孤児院を少し見たいのだけれども、駄目かしら？」

「え？　奥様がですか？」

「孤児院に？」

ベッキーとロッテが揃って、キョトンと目を丸くする。その顔には、物好きなと言わんばかりの表情が、ありありと浮かんでいた。

しばらくして、どう言おうかと悩んだ様子のベッキーが口を開く。

「カリスフォード商会では、定期的に孤児院へお見舞いをしているはずです。ですが、本日は予定に入っておりませんので……」

「旦那様に一度聞いたほうがいいと、ロッテも思うのですわ」

確かにトーマスの妻であるとはいえ、勝手に訪問するのはあまりよくないことだろう。

「……では、今日は少し外から眺めるだけにしましょうか？　それも、いけないかしら？」

少女たちは顔を見合わせると、ほんの少しだけならと同意してくれた。


訪ねていった孤児院は、やけに古ぼけた建物だった。

白を基調にしているらしい外壁は汚れて黄色になり、門は半分壊れている。

「前からこんな感じなのかしら？」

セーラがロッテに尋ねると、彼女は不思議そうな顔になった。

「いいえ、奥様。ロッテがいた頃は、もっと綺麗だったはずなのですわ」

ちらちらと外に出てくる子供たちを目にすることもできたけれど、どの子も粗末な衣類に身を包み、やたらと細い身体をしていて、あまり健康的に見えない。

彼らが幸せに暮らせているのかどうか、セーラは心配になる。

ホワイト領にいる父は、よく「領民が幸せでなければ、自分たちは幸せになれない」と言っていた。セーラ自身もそう思っている。

もし、カリスフォード家が運営する孤児院の子供が不幸だとしたら、その運営者であるトーマスも幸せだと思えないだろう。

すぐにでもトーマスに許可をもらい、その状態を調べることも、お金で買われた妻の役目ではないかと、セーラは考えをめぐらせるのだった。

孤児院が気になるセーラであったが、トーマスには言い出せないまま夜会の日になった。

「――旦那様。準備が整いましたわ」

美しい真紅のドレスと宝飾を身につけたセーラは、トーマスの前に立ち、先日、散々吟味を重ねた格好をお披露目した。

ドレスと両手を隠す黒いレースの手袋、愛用の扇子は、セーラが故郷から持ってきたものだが、他はすべてトーマスから与えられたものである。いわば、スポンサーにその投資の成果を発表しているのだ。

大輪の薔薇さえも霞むほど美しく仕立てあげられたその装いに、トーマスはわずかに目を細めた。

そして満足げに口の端を上げる。

「実に美しい。あなたならば、きっと今宵の宴の主役となれるでしょう」

「まあ。お上手ですこと」

セーラは、素直に喜んだ。

家族以外の人間に「美しい」と言われた経験はほとんどない。

もっとも、はにかんだ笑みを浮かべたつもりだったが、毒々しい薄笑いになっていたことには気づかなかった。

トーマスの表情が微かに引きつる。それを見てセーラは慌てて扇子で、口元を隠した。

本来、貴族というものは、滅多に感情を表に出さない。はしたないと思われたのではないかと、彼女は内心で後悔した。

トーマスは、セーラが胸をときめかせるのに十分な美形だ。そんな相手に褒められて、お世辞だとわかっていてもつい口元が緩んでしまったのだった。

これ以上の失態は見せられないと、セーラは夫を玄関に促す。

この夜会は、セーラが初めて夫にもたらす結婚の報酬だ。豊かな暮らしをさせてもらっている恩に報いたい。

二人は連れ立って、玄関に向かった。

玄関へ続く広間には、当主夫妻を見送るため使用人たちがズラリと並んでいる。その中にはメイド長のミンティー、ベッキーやロッテの姿もあった。幼いロッテはだいぶ眠そうにしている。

使用人たちはいつものように手を前で重ね、軽く腰を曲げていた。その内の一人がセーラたちの姿をチラリと見て、「あっ!?」と呟く。

静まりかえった廊下にその声は響き、他の使用人たちは「何事か？」とわずかに頭を上げた。そして、その顔も驚愕に満ちていく。ロッテも、目をぱっちり開けていた。

ベッキーは、頬を真っ赤に染め、目をうるうるとさせている。

その中で、ミンティーだけが苦虫を噛み潰したような顔を一瞬見せた。

セーラは何事かと訝しむ。ベッキーに向かって、何に対して驚いているのか尋ねた。

「どうかしたかしら？」

「いえ、奥様があまりにお美――」

セーラの言葉に答えようとしたベッキーだが、ミンティーに睨まれ押し黙ってしまう。

「なんでもございません。いってらっしゃいませ」

ミンティーがとり澄ました顔で礼儀正しく頭を下げるので、セーラは追及を諦める。

そうして、セーラとトーマスは使用人たちに見送られながら、馬車に乗り込んだのだった。


「――それでは旦那様。わたくしに課せられた仕事は、旦那様を他の貴族の方々に紹介するだけでよろしいのですわね」

夜会の会場であるボルノ家の屋敷に向かう途中の馬車で、セーラは今一度確認した。

多額の援助金の見返りとして、夫となったトーマスが貴族たちの会話に参加できるようにしなければならない。

故郷ではホワイト領から出たことがなかったセーラは、実は自国でも貴族同士の繋がりをほとんど持ってはいなかった。ましてこの国に貴族の知り合いなど誰一人いない。

多少の不安はあるものの、まぁどうにかなるだろう。

貴族としての礼儀作法は母に叩きこまれているし、ホワイト伯爵の名前はこの国でも知られている。

今日までとくにやることもなく日がな一日、本を眺めて過ごしていたセーラは、表情にこそ出さなかったけれど、ようやくの仕事に大いに張り切っていた。

主催者のボルノ家は大きなギルドを経営しており、カリスフォードとは扱う商品が異なるものの、たくさんの顧客を持っている。

夜会に招待されているのは彼らと懇意にしている貴族たちが主だ。名のある音楽家を呼んでいるという話なので、さぞかし多くの人が集まるだろう。

セーラが心の中で拳を握っていると、トーマスが強く頷く。

「ええ。以前もご説明したように、この国では、我々のような平民から貴族に声をかけることはできません。どうかカリスフォード商会のために、よろしくお願いいたします」

彼にとって、貴族を客に持てるようになることが悲願なのだ。セーラに紹介さえしてもらえれば、あとは己のスキルでどうとでもできる自信があるに違いない。

セーラはにっこりと微笑んだ。

「重々、承知しておりますわ、旦那様」

慎重ねと思ったが、口には出さない。

「それよりも旦那様。わたくし、以前にももっと砕けた口調で話してほしいと、お願いいたしましたわ」

そう言うと、トーマスの自信に満ちた強い視線が曇る。

「あ、いや……そう、なんだが……。しかし――」

「わたくしたちは夫婦です。今の状態では、わたくしたちは対等の夫婦とみなされないでしょう。貴族階級の方とお話しできても、旦那様は侮られたままになってしまいましてよ?」

「……」

「わたくしは、自分に与えられた使命を果たしたいと願っております。元貴族の妻に傅く夫という態度では、しょせん――意地の悪い言い方ですが、成り上がりの平民。扱いもその程度になると心得ていただかなくては……」

トーマスは少しの間考え込んだが、表情を改めてセーラを見た。

その真面目な表情が、彼の弟――たった一度しか会ったことのない本来の婚約者と重なり、セーラは少し切なくなった。

今頃彼はどうしているのだろうか……

案外、自分はカークを気に入っていたのだと、ほろ苦い思いを噛み締める。その感情を振り切るように、まっすぐトーマスを見つめ返した。

自分の夫は、この繊細な美貌を持つ青年なのだ。そう自分に言い聞かせる。

トーマスは、今度こそしっかりとした口調で、セーラに宣言した。

「それでは無礼を承知で、あなたを俺の妻として扱おう」

「お願いいたしますわ」

セーラは揺れる馬車の中、ホッと胸を撫で下ろしていた。

孤児院のこととは別に、こちらも早めに念押ししておこうと思っていたのだ。

だが、夫婦としての営み以前に、屋敷内で顔を合わせる機会がほとんどなかった。

彼は、日中は仕事に、夜は『社交』にと忙しい。

親密な夫婦関係を築く必要はないと最初から思っていたセーラだが、意思疎通がとれないほどのすれ違い生活は、想定外だ。同じ屋敷に住んでいる以上、毎日挨拶くらいは交わせるだろうとふんでいた。

（大金持ちの生活を舐めていたわ。まさか、一緒に食事をとることもままならないとはね……）

したがって、夜会の細かい打ち合わせも、今、することになったのである。

トーマスが今夜の宴でアピールする商品の説明を始めた。

「セーラじょ……セーラ。これを一つ、口にしてみてくれないか？」

そう言って掌に載るくらいの小箱をセーラに手渡す。

小箱は綺麗な紙で梱包されていた。セーラは促されるままに包装をはがし、箱を開ける。中には二枚貝が収められていた。

まさか生ものをこの場で食べろと言っているのか、とトーマスに視線で尋ねる。すると、トーマスは首を横に振った。

「その貝を開けてほしい」

その言葉に従い開けた貝殻の中には、深い夜明け色の球体が収められていた。

「これは？」

「近いうちに、ウチの商会で扱おうと思っているとっておきの商品だよ。暁の涙というんだ。それだけで食べても非常に美味だが、酒の供としてもいける。ただ、高価なものなので、ぜひ、貴族社会に広めたいんだ」

セーラは、その深い橙色の球を口に入れる。

それは、柔らかく弾力にとんだ不思議な食感のものだった。噛んだ瞬間にほろりと崩れ、口の中でとろりと溶ける。濃厚な旨味が、弾けた。

鼻の奥に微かに香るのは、酒の匂いだろうか。甘味と塩味のバランスも絶妙だ。

すぐに呑み込むのが勿体なくて、ゆっくりと嚥下したセーラは、ほうと息をつく。

「……大変美味でしたわ。これならば、どなたも諸手を挙げてほしがるでしょう」

「それは良かった。あなたがそう言うなら安心だ」

トーマスの言葉には嘘がないようで、彼の肩からほんの少し力が抜ける。

「この貝殻の形の入れ物も高級感があって素晴らしいですわね。どなたのアイディアですの」

「これはウチの愚弟が考えたもので……」

そこで、トーマスの瞳に影が宿る。

セーラとの婚約を破棄するように逃走した弟を思い出したのだろう。大事な場で逃げ出した弟に対する感情は、複雑に違いない。

それでも、セーラは弟に対する愛情を垣間見せたトーマスに微笑む。

「素晴らしい弟君ですわね」

嫌味ではなく、心の底からの賞賛だ。ほぼ手紙のやりとりしかしていないセーラとて、あの青年が心根の真っ直ぐな人だと知っていた。

けれど、トーマスはきっぱりと首を横に振る。

「いいえ、あれは我がカリスフォード家の汚点、あなたに働いた無礼を決して許すわけにはいかない」

「とんでもない。何かご事情があってのことだと思いますわ。ご帰還された際には、温かくお迎えいたしませんか？」

セーラの言葉に、トーマスは黙ってしまう。仕方なくセーラは気を取り直すように、話題を変えた。

「――そう言えば、この辺りに、カリスフォード家が運営している孤児院があるのですってね？」

この話題を出したくてうずうずしていたことは隠し、馬車の小さな窓にかけられているカーテンを少し開けて外を見る。

昼と夜では雰囲気が違い、先日覗いた孤児院がある場所だと確信はできないが、確かこの辺りだったはずだ。

「ああ。ウチの先代が始めたもので、……いわゆる税金対策だよ」

「……そうなのですか」

あまり興味のなさそうなトーマスの言葉を聞き、セーラは少し戸惑（とまど）う。

「旦那様は、孤児院の視察などはなさらないのですか？」

「視察は、年に一度程度だね。冬の生誕祭には顔を出し、子供たちにプレゼントを贈るんだ」

冬の生誕祭とは、この世界で共通する祭りで、世界を生み出した神が誕生したといわれる日を祝うものだ。神にちなんだご馳走（ちそう）を食べ、大切な人にプレゼントを渡す習慣がある。セーラは生誕祭で用意される特別な糖蜜のパイを毎年楽しみにしていた。

それはともかく、トーマスが一年に一度しか子供たちの様子を見にいかないと聞き、セーラは自分が目にした孤児院の姿に納得がいった。あの、どうひいき目に見ても健康的とは言えない孤児院が、トーマスの望む姿であるはずがない。

彼のことはよく知らないが、少なくとも仕事への姿勢は真面目だ。そして、カークからの手紙には、厳しくとも心根は優しいと書かれていた。セーラもそれを信じている。

彼が孤児院を頻繁に訪問しないのは、おそらく他の仕事に時間を使っているせいだろう。夜の『社交』を控えてみてはどうかとも思うが、あれは商売の一種でもあるらしいし、息抜きは必要だ。夫を癒すのは妻の役目だが、あいにくトーマスはセーラをそういう目で見てはいない。だとすれば、やはりあの孤児院を救うのは、セーラの役目だろう。

「――旦那様」

夫の癒しになれない分も、彼の憂いを晴らす手助けをしよう、と考える。

「その孤児院なのですが、しばらくわたくしが訪問してもよろしいですか？」

セーラがそう切り出すと、トーマスは目を見開いた。

「孤児院に？　あなたが？」

「わたくし、故郷では孤児院の子供たちとよく遊んでいましたの。懐かしくて」

セーラが扇子をひろげてにっこり笑うと、トーマスはますます訝しげな顔になる。

「失礼だが、意外だな」

「そうですか？」

「ああ。あなたが孤児院に興味を持つとは思わなかった。もちろん構わない。それでは、訪問する日時を決め、あちらに連絡を入れ……」

「いいえ、旦那様。できれば、わたくしはあなたの妻としてではなく……そうですわね、お手伝いとして出向きたいと考えておりますの」

トーマスが眉を顰（ひそ）める。

「なぜ、そんなことを？」

「カリスフォード商会の新しい奥方が隣国の貴族出身だ、と多くの人が知っています。そんな人間が突然訪ねていけば、子供たちは萎縮（いしゅく）してわたくしと楽しく遊んでくれなくなるではございませんか」

セーラの言葉を聞いて、トーマスの表情がさらに驚いたものになる。

「あなたは……子供が好きなのか？」

セーラは、夫が何を聞いているのか不思議に思った。先ほどからそう言っているのに……

「ええ」

「……意外だ」

そのフレーズは二度目だ。

セーラは遠い目をしたくなった。外見のせいで人から誤解されることは少なくないが、この人は自分の妻をどのように見ているのだろう。

少なくとも、子供好きには見られていないことは間違いない。

「正直に言うと、あなたが子供をあやしている姿など、想像できない」

「あら、心外ですわ。わたくしこれでも、子供の扱いには慣れていますのよ」

ホホとむなしく笑う。

セーラが子守が得意だというのは、嘘ではない。故郷の孤児院では、子供たちを追い掛け回して遊んでいた。

けれど、トーマスはそれを本当だとは受け取ってくれなかったようだ。

セーラは夫の顔を見つめる。

知的な眼差しに端整な顔立ちの美丈夫。仕立ての良い衣服を実に上品に着こなしている。白銀の髪は後ろに撫でつけ、一分の隙もない。

月光のような冷たい美しさだと、セーラは思った。

決して好みではない。セーラと結婚してくれた彼の親切に感謝しているとはいえ、距離を置いた温かみのない態度には傷つけられもする。

けれど、彼に甘い言葉を囁かれたら、きっとだいたいの乙女が落ちてしまうだろう。

不意に馬車が強く揺れる。

「おっと」

「きゃ！」

バランスを崩したトーマスが、セーラに覆いかぶさってきた。

（近い……！）

息のかかる距離に、夫となった青年の顔がある。

間近で瞳が合い、時が止まったような気がした。

（ああ、本当に彼は綺麗な人なのだわ）

近距離で見ると、よりいっそうトーマスの美貌(びぼう)がわかる。まつ毛が細くて、長い。

「失礼」

動揺しているセーラと違い、トーマスはまるで気にしていないように姿勢を戻した。

その澄ました顔に、セーラはなんとなく負けた気分になる。この人は、異性とこの距離で過ごすことが珍しくはないのだということを思い知らされた。

「――先ほどの孤児院訪問の話だが、あなたが望む通りにするといい。俺はあなたが約束を遂行(すいこう)してくれれば、それでいいんだ。縛るつもりなど毛頭ない。なんなら、夜会のない夜には遊びに出ても構わないよ」

セーラは、ハイハイと聞き流しておく。

自分は、領民を助けてもらう代わりに彼の商売を助けると約束したのだ。

そもそも、夜遊びなんて淑女にあるまじき、はしたない趣味はない。

「与えられた仕事は完璧にこなしてみせますわ、旦那様」

――あなたが与えてくれている豊かな生活に報(むく)いるために。助けてもらった自領のために。

「完璧なマダムをご覧にいれてみせましょう」

それが、自分の果たすべき役目なのだから。

馬車はボルノ邸についた。

セーラはトーマスにエスコートされながら、馬車を降りる。内心のドキドキを鋼の精神と手にした扇子で隠した。

トーマスのおかげでだいぶ着飾っているが、しょせん身に着けているのは自分だ。

セーラは自分のことを、とくに不美人だとは思っていないけれども、他者の注目を集められるほど美しいとも思わない。

丹念に施された化粧と煌びやかな装飾品に騙されてくれることを祈るばかりである。

会場はなかなかに広く、そこかしこで美しく着飾った紳士淑女が、歓談していた。

「カリスフォード家ご夫妻、おなーりー！」

出入り口に立つ使用人が、二人の来場を報告する。

すると、会場中の注目がセーラとトーマスへ集まった。露骨にこちらを見ている人たちはそれほどいないものの、いくつもの視線が身体に絡みつく。

「今夜はとくに盛況のようだ」

セーラにしか聞こえないような小声で、トーマスが言う。唇をあまり動かさないのは、彼の技術なのだろう。

「そうなのですか？」

セーラは扇子で口元を隠し、小さく聞いた。

「ああ。物好きどもめ。きっと、あなたを見に来たんだ」

「わたくしを？」

どういう意味だと問い返そうとする前に、見知らぬ男性に挨拶(あいさつ)される。

「やあ、カリスフォードさん」

「おや、これは。ベーネイさん」

そちらを見ると、恰幅(かっぷく)のよい紳士が微笑(ほほえ)んでいた。セーラは一歩下がり、トーマスの後ろに控えて紹介されるのを待つ。

紳士の後ろには、上品な婦人とセーラよりもいくらか年若い印象の少女がいた。どうやら彼の家族らしい。

扇子(せんす)の陰から覗いていると、少女と目が合い、「ビクゥ！」と盛大に怯(おび)えられてしまった。震える声で呟(つぶや)かれた「魔女みたい」という言葉に、いささか傷つく。

「もしかして、後ろの美しい人が噂の細君ですかな？」

紳士の視線が、セーラへ向いた。

彼女は扇子(せんす)で口元を隠したまま、優雅に貴族の礼をとる。そしてゆったりと笑みを浮かべてみせると、周囲の空気が一変した。

「今宵(こよい)の夜会には、きっと君が件(くだん)の女性を連れてくるだろうと思っていたよ。いや、聞いていた通り、蠱惑的(こわくてき)で薔薇(ばら)のような美女だ。扇子(せんす)で顔をお隠しになっているのが、ミステリアスでまた魅力的だね」

ベーネイと呼ばれた紳士はセーラを褒めるが、婦人のほうは微かに眉根を寄せる。

「確かに一夜の遊びを熟知しているような美貌ですことね。さぞかしたくさんの男性が袖にされて涙を流していることでしょう……」

抑えた声ではあったが、セーラにはばっちり聞こえてしまった。

(旦那様じゃあるまいし、そんなこと一度もしたことない！)

内心の驚きを隠したまま挨拶をすませ、セーラとトーマスはその場を離れた。

セーラが奥へゆっくり進んでいくと、周囲の女性たちが次々と、セーラが身にまとっている宝飾類をうっとりと眺める。

「あのドレスの生地、アンティーク風で素敵ね。あんなに深い赤色を見たことがないわ……」

「アクセサリーのデザインも、素晴らしいわ。一際華やかで」

「あんなに肌を美しく見せるおしろいが、あるのかしら……ぜひ欲しいわ」

もちろんセーラが身に着けているのは、カリスフォード商会が扱っている一級品だ。まずは広告塔としての役割を果たせそうなことに、セーラは内心でニンマリする。

トーマスにエスコートされるままに、会場中を移動した。

それにしても、トーマスに向けられる女性からの熱を帯びた視線は、すさまじい数だ。改めてセーラは自分の夫となった青年の容姿に感心した。自分に注がれている男性の瞳に、それ以上の熱がこもっていることなど、欠片も気づかない。

ホワイト領から出ることなく育った、田舎少女のセーラは、人妻である自分が男性の劣情を刺激するなど考えもしないのだ。誰かに話しかけられても多くを語らず、トーマスの背後で笑みを浮かべ続けた。

　この場にいる人たちへの対応は、これでいいはずだ。本番は貴族たちが集うというサロンに入ってからである。

　しばらくして会場を一周した辺りで、トーマスに切り出される。

「セーラ。そろそろ貴族が歓談しているサロンへ連れていってくれるだろうか？」

「ええ、旦那様。お任せください」

　場所の案内こそはトーマスに頼まなければならないが、それから先はセーラの仕事である。

　ところが、いざ出陣と彼女が気合を入れたのとほぼ同じタイミングで、甲高い声が聞こえてきた。

「トーマスお兄様!!」

　突然、可愛らしいものが、トーマスへ飛びついた。

　セーラは目を白黒させてしまう。

「き、君は？　ラヴィ……ラヴィ・ハートか！」

　バランスを崩して傾いた体勢を立て直したトーマスは、抱き付いてきた小柄な少女をそっと引き剥がす。

「そうですわ、トーマスお兄様！　本当にお久しゅうございます。ラヴィは、お兄様に会えず、とても寂しい日々を過ごしておりましたのよ？」

　うるうると潤んだ瞳の少女は、愛玩動物のような愛らしさでトーマスを見上げる。

彼女は小柄で幼い顔立ちをしているが、年齢はおそらくセーラと同じくらいだろう。ふわふわの金髪に、蜂蜜色の瞳。物語に出てくるお姫様のようだ。

彼女は人目も憚らず、嬉しそうにトーマスを抱擁し続けている。

セーラ的には問題ないけれど、この状況を放置していると余計な勘繰りをされそうだ。夫婦仲が悪いというイメージをこの場にいる人間に持たれるのは、あまりよくない。

「旦那様。そちらの愛らしい方をわたくしに紹介していただけますこと?」

ズイッと一歩踏み出し、やや高圧的に尋ねた。少女をけん制しているように装う。すると、トーマスより前に少女が口を開いた。

「トーマスお兄様、もしかしてこの方が……?」

美少女の大きな瞳が、セーラを見つめる。溶けてしまいそうなほど、柔らかく丸い瞳だ。

可憐という言葉は彼女のためにある言葉だと、セーラは思った。人目がなければ自分こそ彼女に抱きついて愛でていたことだろう。

トーマスは苦笑しつつ、セーラを振り返る。

「ああ、先日婚礼を挙げた我が妻、セーラ・カリスフォードだ」

そしてラヴィの拘束をさりげなくもう一度剥がした。その顔には珍しく、どう対処すればいいのかわからないというような困惑が見える。

「セーラ。こちらはラヴィ・ハート嬢、遠い親戚にあたる娘だ。彼女の家は菓子を商っている」

トーマスの紹介に続き、頭を下げようとしたセーラより早く、ラヴィがまたしても甲高い声を上げる。

「まぁ、まあ、まぁ！　本当にこちらが、あの噂のトーマスお兄様の奥方ですのね！」

彼女は春に咲く花のように明るく笑って、セーラの手を握り締めてきた。

いきなり手を握られたことなどないので、セーラはいささか驚く。

「なんて美しいお姉様なのかしら！　ラヴィ、ずっとトーマスお兄様のお嫁さんを見たいと思っていましたのよ！」

手袋越しに伝わる少女の力は、予想外に強い。まるでこちらの手を握り潰そうとしているのではないか、と思うほどの力だ。

いや、妖精のように可憐なこの美少女がそんなことをするわけがない。

セーラは、喜びを身体で表してくれているのだろうと思うことにした。

「わたくしも、あなたのような愛くるしい方に出会えて嬉しいわ」

ニッコリと微笑み返すと、キャッとラヴィが小さな悲鳴を上げる。

「セーラお姉様、力が強いですわ……」

（え？）

非常に言いにくそうな様子のラヴィから訴えられ、セーラは慌てて手を離す。

ラヴィに握り潰されそうになりながらも好きにさせていたつもりが、無意識に握り返していたらしい。悪いことをしてしまった。

「ご、ごめんあそばせ」

素直に謝ると、切なそうに眉を顰めていたラヴィは健げに微笑んでみせた。

「お気になさらないでください。セーラお姉様は、ラヴィがトーマスお兄様にはしたなく抱き付いてしまったことを、お怒りになりましたのね……」

「え？」

今度は声に出てしまう。

確かに、夫に近づく存在に不快な顔を装ってはいたが、実のところ、そんな感情はまったくない。少し驚いた程度で、どちらかといえば微笑ましく見ていた。

「そんなことはないわ、ラヴィ」

夫婦仲を良く見せるために多少の嫉妬を見せようとしていたことも忘れ、セーラはひとまず誤解を解こうとする。すると、感動したようにラヴィが感嘆の息を吐いた。

「あぁ。なんてお優しいんでしょう、セーラお姉様……。あの、ラヴィは昔からトーマスお兄様やカークお兄様と仲良くしていただいていて、今でもつい……先ほどのようにはしたない姿を見せてしまうのですが、それも許してくださいますか？」

そう言われてしまえば、許可をしないわけにはいかない。可憐な乙女のお願いを断れる人間は、そういないだろう。

「ええ、構いませんわよ」

セーラの言葉が終わるや否や、ラヴィは再びトーマスへ抱き付いた。年の離れた兄妹のようで、なかなかに可愛らしい。

それなのにトーマスは恨みがましそうな目で、セーラを見た。三度、ラヴィを引き剥がす。

「こら、ラヴィ。君ももう立派なレディなのだから、少しは慎みを覚えないといけないよ」

めげないラヴィは、トーマスにしがみつく。

「わかっていますわ！　でも、トーマスお兄様とは滅多に会えなかったのですもの。……それより、トーマスお兄様、ラヴィはわかりましたわ。セーラお姉様はちっともお兄様のお好きなタイプではないのに、どうして一緒になられたのか不思議だったんですけど、お姉様のお優しいところに惹かれたのですね」

後半部分は背伸びをして声を潜め、できるだけセーラに聞こえないようにしてくれたようだ。

だが、ラヴィの声は通りが良く、残念ながらセーラの耳にもきちんと届いていた。

（わたくしは、ちっともトーマス様の好みのタイプではないのね……）

別に気にすることはないのだが、ほんの少し、本当にわずかに、セーラは残念な気分になったのだった。


その後しばらくして、セーラとトーマスはラヴィとの会話を切り上げ、貴族専用のサロンに移動した。

セーラが先に、トーマスが次に、サロンに足を踏み入れる。すると貴族たちからいっせいに値踏みするような視線を向けられた。

セーラは隣国のホワイト伯爵の娘であるので、ここに彼女たちがいても咎められるものではない。

しかし、この場に足を踏み入れる資格があるのかどうかを見定めるような貴族たちの目に緊張したのか、トーマスが一瞬身体をこわばらせた。

それに気づいたセーラは近くにいたボーイに、二人分のグラスを持ってこさせる。

できるだけ優雅に見えるように、受けとったグラスを一つは自分に、もう一つは夫に手渡した。

そして、その酒にそっと唇をつける。

(華麗に、上品で、美しく)

そう心の中で繰り返しながら、傍らのトーマスに話しかけた。

「旦那様。こちらのお酒は、とても芳醇な香りがするのですね。我が領にも雪解けの水で造った大変味の良いお酒があるのですが、それともまた異なり、大変美味でございます」

雪解けの酒は、ホワイト領の特産品である。

つまりその一言で、セーラは自分がホワイト伯爵の娘であることを周囲に知らしめた。途端に、周りの貴族の態度が軟化する。

セーラはそれに調子を良くし、さらに言葉を続けた。

「ねえ、旦那様。この美味しいお酒と、旦那様の商会が取り扱っている……なんと言いましたかしら――？」

「ああ、暁の涙かい？」

セーラの意図を悟ったという顔で、トーマスが彼女の話に乗ってくる。

「そうそう、それですわ。暁の涙の味と、こちらのお酒、大変合うと思いませんこと？」

うっとりと呟くセーラに、聞き耳を立てていた周囲の貴族たちの喉が鳴った。

「セーラ、残念ながらまだあれは流通させていないのだよ。君は私の特別だから、用意したんだ」

そうトーマスが宥めるように言うのに対し、セーラはいかにも残念そうな様子を装う。いや、実は先ほど馬車で食べたその味を思い出し、本心からしょんぼりしていた。

「そのうち売り出すつもりではあるけれども、ね。しばらくは、特別な相手の口にだけ――」

そこに、慰めてくれるトーマスの意味深な言葉を遮る声が上がる。

「失礼、ミスター。もしやあなた方は、カリスフォード商会の……」

「はい。トーマス・カリスフォードと申します。こちらは妻のセーラ・カリスフォード。どうぞ、お見知りおきを」

「これはこれは、ご丁寧に。私はサリスペッド・サグワーと申す者だ。あなた方の会話をうっかりと、この好奇心旺盛な耳が拾い上げてしまってね。なんでも、酒に合うとても美味なるものがあるとか……」

(あら?)

セーラは隣に立つ夫が、ほんの一瞬、微かに口角を上げたのを目にした。けれどすぐに、いかにも申し訳なさそうな顔を作っている。

「ええ。……しかし、その……大変申し上げにくいことですが、まだ店頭には出していないものでして……」

男性は鷹揚に頷く。

「わたしは、美味しいものに目がなくてね」

確かに彼は、食道楽らしいふくよかな紳士だ。その紳士に追随するように、他の貴族たちも暁の涙に興味があると訴え始めた。

「どうにかならないか？」

そう懇願されたトーマスは、少し考えるように顎に手を当てる。

「それでは、馬車に置いている分だけでもお配りいたしましょう」

ボーイに命じて、馬車から包みを持ってこさせた。

わずか十個だけ用意されていた暁の涙が、一番に声をかけてくれた紳士と彼の近くにいた数人の貴族に渡される。

夜明けの空の色の球体を試食した彼らは、口々にそれを絶賛した。暁の涙を手にすることができなかった貴族たちは、トーマスに予約を申し込む。

貴重なものらしいのにこれほど多く用意できるものなのだろうかと、セーラは心配になったが、トーマスは笑みを浮かべ、次々と注文を受け付けていった。

そうして、帰りの馬車でセーラにお礼を言う。

「セーラ、ありがとう。あなたのおかげで多くの貴族がお客さんになってくれたよ」

満足げな夫の顔に、セーラは自分の仕事がうまくいったことを知ったのだった。

第二章　大富豪の思わぬ幸福

「旦那様。何かありましたか？」

執務室で帳簿を見ていたトーマスは、第一秘書のアーノルドに声をかけられ顔を上げた。アーノルドが少し不思議そうにこちらを見ている。

「何か、とは？」

「いえ、どうも機嫌がよろしいようなので」

「ああ」

言われて、トーマスは己（おのれ）の機嫌がいい理由に思い当たる。

数日前、招待された夜会は、大成功だった。セーラが自分の望む以上の働きをしてくれたのだ。元から毒々しいほど美しい少女は、カリスフォード商会一押しの宝飾物で飾りたてられ、目の覚めるような圧倒的な輝きを放っていた。

このミラーノではあまり見ない色の闇色の瞳と髪が、ミステリアスな雰囲気を演出し、彼女の魅力をさらに高める。

夜会に向かう自分たちを送りに出た使用人全員が、若夫人のあまりの美しさに息を呑んだほどだ。もちろん会場に足を入れた途端、注目のすべてが自分のエスコートしている妻へ注がれた。そのことでトーマスの自己顕示欲は満たされ、今も大変気分がいい。

そう。間違いなく、己の妻は美しい。

その微笑一つで、男を陥落させることなど容易いだろう。

その美しさは、あの夜も遺憾なく発揮され、男――夜会の招待客を次々と釣り上げていった。

セーラの存在一つで、貴族に限らず、今まで話す機会がなかった紳士からも声をかけられる。

後ろで悠然と微笑む妻を目当てに、あちらから勝手に近づいてくるのだ。

自分を羨む男たちの顔を思い出し、トーマスは口角を上げる。

「妻を持つのも悪くない。そう思っただけだ。彼女のおかげで、暁の涙は予約殺到だそうだよ。笑いが止まらない」

商売のパートナーとしても彼女は実に有能だ。すでに、新商品の評判は上々で、ちょっとしたブームの兆しを見せている。

「なるほど」

「いくつかの貴族が、ウチの商会と特別な縁を持ちたいとまで言ってきている」

「それは素晴らしいことですね」

「妻にあれほどの能力があるとは、思ってもいなかった」

「旦那様が婚儀を挙げると聞いた時は少々心配しましたが、無用でしたね」

「そうだな」

美しいだけでなく、仕事においても自分の望むままにふるまってくれる妻。おまけに、こちらの遊びごとには口を挟まないときている。これ以上にない理想の妻と言えるかもしれない。

「彼女は、よくやってくれている」

——トーマスが初めてセーラと顔を合わせたのは、婚約者の兄としてであった。

近年ではあまり見ないアンティークなデザインのドレスに身を包んだ彼女は、大輪の薔薇(ばら)のように美しかったが、同時になんと金のかかる女だと思ったものだ。

いくら没落しているといっても貴族だ、平民とは比べものにならない贅沢(ぜいたく)な暮らしをしているに違いないと予想はしていた。けれど、実際はそれ以上だ。

セーラは、かなりの大金を支払わなければ手に入らない、歴史的価値のあるドレスを身につけて平然としていた。婚約者との初顔合わせという大事な日であるにしても、高価なドレスを簡単に着ることのできる彼女の金銭感覚は、自分たちとはまるで違うのだろう。

弟と婚姻を結んだ暁(あかつき)には、実家であるホワイト家に資金援助をと頼まれているが、彼女たちの没落原因は過度の浪費によるものではないかと勘繰(かんぐ)ってしまう。相次ぐ天災にあい、領民が貧困に喘(あえ)いでいるというのも、もしかしたら金を引き出すための方便なのかもしれない。

ホワイト領を調べれば真相はわかるのだろうが、トーマスはとくに何もしなかった。

浪費による没落であろうとも、本当に天災による貧困であろうとも、金を出すのは同じだ。貴族との直接の繋がりさえできれば、問題はない。

もっとも、弟の婚約者であったセーラが自分の妻になろうとは想定外だった。

あまり気乗りがしなかったものの、セーラ本人から夫に援助金以上のものを求めないと告げられたので、決心したのだ。

幸い自分には、遊びの女友達は大勢いても、特定の恋人はいない。それに、他に方法がなかったこともある。

そして、セーラはその言葉通り、トーマスに多くを望まなかった。婚礼と恋愛は別物という、貴族によくある思考のおかげだろう。

加えて、今のところ当初心配していたような浪費癖もない。

約束の援助金は払っているが、それはトーマスにとって無理な額ではなかった。この先、暁の涙がもたらすであろう利益に比べれば些細なものだ。

与えた援助金をセーラが故郷に送っていようと自分で使っていようと、それはトーマスにとってどうでもいいことだった。

「ビジネスパートナーとしては、最高の妻だ」

トーマスが満面の笑みを浮かべると、アーノルドが少し考えて問う。

「それで、その奥様とはうまく行っているのですか？」

「うまく、とは？」

「ご夫婦として、です。お二人の間で取り決めた条件は存じておりますが、ご夫婦になられたのです。旦那様も少しは落ち着かれてはどうですか？」

トーマスは返す言葉に詰まった。この秘書には、人には言えない火遊びを知られているので、気まずい。

目を逸らすトーマスに、アーノルドはため息をつく。

「奥様とは何度か言葉を交わさせていただきましたが――」

「なんだと？」

トーマスは、思わず秘書の言葉に食いついた。

初耳である。

（そんなことは聞いていない。いつの話だ？）

「とても気持ちの良い女性でしたよ。あの方ならば、旦那様の手綱をしっかりと握ってくださることでしょう」

（……別に、アーノルドがセーラと何を話そうが自由……）

そのはずなのだが、なんとなく面白くないような気がする。ほんの、少しだけ。

「――旦那様はちっともお屋敷に戻られないから、知らないのです」

一気に不機嫌になった主人に構わず、アーノルドが澄ました顔で言う。

彼の言う通り、最近トーマスは以前にも増して精力的に働いており、屋敷には寝に帰るだけで、セーラと顔を合わせることもなかった。

そのうち、後継ぎのことを考えなければならなくなるのだろうが、今はまだその問題について深く考えたくなかったのだ。

元々、まだ結婚する気もなく、子供を強く欲しいと願ったこともない。

それは、セーラも同じだと、メイド長のミンティーから聞いている。

しかし、今後はそうもいかないだろう。

だからといって、セーラのことを他の人間にとやかく口を出されるのも気に食わない。

トーマスは、セーラに歩み寄ろうかと考える。

多少は意思の疎通をしているほうが、ビジネスもスムーズに運べるに違いない。

そんなことをぶつぶつ呟(つぶや)いていると、アーノルドが呆れた声で言う。

「あなたの忠実な僕(しもべ)として忠告いたしますが、奥様ともう少し仲良くされたほうがよろしいですよ。きっと旦那様の益(えき)になりますから。まずはご機嫌伺いでもしてみたらどうです。奥様に何か頼まれていることはないんですか？」

「……そういえば、我が妻はウチの運営している孤児院に興味を持っているようだったな」

「ほう、奥様が」

「故郷でも、よく行っていたそうだ」

貴族が慈善活動に励むことは、決して珍しくない。セーラもそうなのだろうと、トーマスは考えていた。

それで気晴らしになるのであれば、いくらでも訪問すればいい。

「そのうち訪問したいらしい。とくに問題ないので許可しておいた。――それよりも、だ。カークの行方はわかったか？」

「いえ。今のところ有力な手掛かりはございません」

「そうか……」

トーマスは息を吐く。

可愛がっていた弟の突然の愚行の理由が、まるでわからなかった。

セーラとは、多くの手紙を交わしていたと聞いている。カークは少しも婚約を嫌がるそぶりはなかったのに……

弟はなぜいなくなり、今はどこにいるのだろうか？

考えるほど息が詰まり、こころなしか体調が悪くなってきた。

トーマスは小さな咳を立て続けに三回する。

実は、命にかかわるほどではないとはいえ、彼には持病があった。それもあって、今まで結婚や真剣な恋愛には積極的になれなかったのだ。

急に咳き込んだ主人を見て、アーノルドが慌てる。

「旦那様！　お茶を持ってきましょう」

「ああ、頼む」

トーマスはアーノルドの後ろ姿を見送る。アーノルドが出ていった後も、しばらく咳が続いた。

（大したことはない。いつものことだ。お茶で身体を温めればじきによくなる）

そう自分に言い聞かせながら、トーマスはそっと目を閉じた。

※　※　※

その日、セーラは覚えのない名前の女性から手紙を受け取った。

首をかしげながら中身を確かめ、にんまりと笑う。

「あらまぁ、……そういうこと」

そう独り言を呟き、丁寧にその手紙をしまった。

以来、彼女からの手紙を心待ちにするようになる。けれど、この手紙をくれる人物が誰なのか、決して周囲には詳しいことを明かさなかった。

使用人に尋ねられた時は、「大切なお友達よ」とだけ答えるようにしている。

もっとも、男性からであればともかく女性からのものであるし、手紙以外の交流もないことから、それほど詮索されることもなかったのだった。


そんなある日。

「――奥様……じゃなかった、お嬢様。本当によろしいんですか？　旦那様が今のお姿を目にされたら、なんとおっしゃるか……」

「面白がってくれるんじゃないですのぉ？　ねー、お嬢様」

「ええ。きっと、笑ってくれると思うわ」

セーラ、ベッキー、ロッテの三人は、孤児院の裏庭にたらいを並べ洗濯をしていた。大きなたらいに水を張り、汚れを落とす粉を入れて、衣服をごしごしと擦る。

ベッキーとロッテはメイド服ではなく、活動しやすいワンピースを着ていた。セーラも似たような服装である。化粧は一切しておらず、髪も後ろに結んでいるだけだ。

初めてこの姿をしたセーラを見た時、ベッキーとロッテは目を白黒させたが、セーラにしてみればこの姿のほうが馴染み深い。今着ているのも、故郷からこっそり持ってきていた自分の服だ。

三人は、とある金持ちのお嬢様とそのお付きという設定で、この孤児院を訪問していた。名目は社会勉強だ。

さすがに夕方には屋敷に戻らなければいけないので、日中の数時間だけこの孤児院で働く。

「わたくし……いえ、私はお嬢様にこんなことをさせて……胸が潰れそうです」

「こんなって、お洗濯は大事なことでしょう？　大丈夫よ、故郷では割とやっていたから、それなりの腕よ。おろそかになんかしないわ」

セーラの言葉に、ベッキーとロッテは心底ビックリしたような顔になった。それでも、働く手を止めないところは、さすがだ。

「貴族のご令嬢が、そんな……」

「信じられないですわぁ。ああでも、確かにお上手……」

十歳のロッテよりも、セーラのほうが綺麗に服の汚れを落とせている。

二人の反応に、セーラは苦笑した。

確かに一般的な貴族の娘であれば、生涯洗濯などすることはない。

けれどもセーラの生家では、多くの奉公人の面倒を見る余力がなく、働き先が見つかったものから退職金を渡して屋敷から出していた。

結果、セーラたちは家事を自分たちでやっている。

セーラはいつも手袋をしているが、それは家事によって荒れた肌を隠すためであった。決して労働のあとが刻まれた自分の手を恥じているわけではないのだが、無駄な好奇心をあおるのは本意ではない。

ただ今は、手袋と扇子は屋敷に置いてきていた。どちらも孤児院には不必要なものだが、おかげで、手のあかぎれが丸見えだ。

ベッキーの視線が手元に何度か注がれたので、彼女には気づかれているのだろう。

「――それにしても、洗濯洗剤もマトモに置いてなかったとはね……」

セーラはブツブツと文句を言う。

トーマスの許可を得て、本日、ようやく孤児院へきたセーラだが、中に入って早々に驚かされていた。

建物は割と広く、孤児と職員たちがゆったりと生活ができるだけの面積が確保されている。二階建てで、造りもしっかりしていた。

それなのに、掃除が行き届いていないせいで、あちらこちらにゴミが落ち埃っぽい。子供たちの衣服も汚れが目立ち、衛生状態は最悪だ。

子供たちの栄養状態も決していいようには見えない。

それを見たセーラは、さっそく子供の衣服の洗濯から始めたのである。

「ロッテが住んでいた頃は、もっと明るくて楽しい場所だったんですのよぉ」

ごしごしと衣類を洗濯板に押し付け、頬に泡をつけながらロッテが不満げに言う。

この孤児院の出身である彼女によると、ここはもっと温かい場所だったらしい。

衣類は確かに古かったけれども、いつも洗濯をしていて清潔だったし、やせ細るほど食事の内容が悪かったわけでもないそうだ。

「……きっと、ファーザーがいらっしゃらないからですわぁ」

ロッテがしょぼくれた声を出す。

ファーザーというのは、この施設の元々の管理者である院長だ。だいぶ年を重ねた男性で、現在は体調不良で入院し治療を受けている最中だとトーマスから聞いていた。

かわりにコルトという男が院長代理をしているのだが……どうもその男が、この孤児院を蝕んでいるようだ。

「そうかもしれないわね。あとで、それについても考えましょう。……さ、他の仕事も山のようにあるわ」

すべての衣類を洗い終えたセーラたちは、洗濯物を干して次の仕事へかかろうとする。その途中、こちらを見ていた子供たちに捕まった。

「お洗濯してくれたの？」

五歳ほどの小さな女の子が尋ねてくる。手足が痩せ、大きな瞳が一層大きく見えた。

「それがこのねーちゃんたちの仕事なんだろー」

ロッテと同じくらいの年の少年が、生意気な口をきく。その服が泥で汚れているのは、わんぱくな証だ。手足は細いが、活発そうな子だ。

セーラは一目で彼を気に入った。

「そうよ。次は台所を見たいのだけど、案内してくれるかしら？」

「ンだよ、ねーちゃん。腹でも減ったのけ？　台所行っても、食えるもんはそんなにねーぜ」

少年は、台所に行くイコール盗み食いをするつもりだと思ったらしい。おそらく彼は常習犯なのだろう。

セーラは微笑んで、少年の勘違いを正す。

「わたしたちは、お料理をしにいくのよ」

「まじか⁉」

少年と少女の目が丸くなった。

「いや、いやいやいや。作ってくれるのはありがてーけど、さっきも言ったように食えるもんがないんだって。俺もさっき見てきたけどよ、超しけてやがんの。新しくなった院長が、すげぇドけちのくず野郎だからよー。その皺寄せが俺たちに来てるんだよなー」

くず野郎という汚い言葉に、セーラは面食らった。

けれど、ベッキーとロッテの様子をチラッとうかがうと、あまり驚いていない。このくらいの口の悪さは、男の子ならば驚くことはないという感じだ。

セーラもワンパク盛りの男の子たちと触れ合う機会はあったが、故郷の少年たちはもう少し紳士的だった。

「院長先生に対して、そんなふうに言ってはいけないと思うわ。代理とはいえ仮にも、あなた方の親代わりなのでしょう？」

そう諭してみると、少年は鼻先で笑い飛ばす。少女のほうも困ったように笑った。

彼らは、セーラがこの孤児院のことを何もわかっていないと言いたいらしい。

「ねーちゃんは、あのくず野郎がどういうやつか知らないから、そう言えるのさ。俺たちの親代わりは、じーちゃん先生だけだ。あーあ、じーちゃんがいた頃は平和だったなー」

少年の言うじーちゃん先生とは、前の院長のことらしい。彼の話を要約すると、今の院長が来てから大人の人数が減り、子供たちはほとんど面倒を見てもらえなくなったということだ。おそらくその新しい院長代理が人件費を削ったせいだろう。

「だからよー、飯も洗濯も、イマイチなんだよ。食事の量は超少ねーし。掃除なんかは元々自分たちでやってたけど、マトモな飯を食ってないせいか、みーんな気力がなくてなー。じーちゃん先生が帰ってくる時にはピカピカに磨きあげねーと、じーちゃん先生ひっくり返っちまうわな」

「……ファーザーに会いたい……」

懐かしむような少年の言葉に続き、少女が泣き出した。

「泣くなよ。お前がメソメソしてたら、先生が無理して帰ってきちゃうだろ。あの人、もう墓場に足を片方踏み入れてる年齢なんだから、俺たちの我儘で無理させるわけにはいかねーだろうが」

「……そうだけどぉ」

「元気になれば帰ってくるんだ。それまでは、あの出がらしみたいな野郎で我慢しようぜ」

そう言って少年は少女を慰めた。

随分仲が良さそうなので、セーラは二人が兄妹かと尋ねた。すると、違うという答えが返ってくる。血のつながりはなくても、施設の子供は全員が兄弟のような関係になるのだそうだ。

少年の名前はジャック。少女はエミリーというらしい。

セーラは改めて、少年に案内を頼んだ。

「ジャック。とりあえず台所に案内してもらえる？　食事の内容については、台所で考えましょう」

そうして、ジャックとエミリーの先導で訪れた台所は、洗い物の山だった。鍋や包丁、皿や器が汚れたままで放置されている。

「……ひどい」

思わずといった感じでベッキーが呻く。セーラもまったく同じ気持ちだった。

よくもまあ、こんなに汚い場所で食事を作ろうと思えるものだ。

「こんなに洗い物がたまっていたら、マトモな調理はできないでしょう」

「俺たち元から料理なんて上等なもんはできねーからよぉー。パンとかクッキーとか、肉の塩漬けとか、そのままで食えるやつを齧るのさ。とは言っても、それもそんな量があるわけじゃねーから、大半は水をがぶ飲みして、腹の虫を誤魔化すんだよな」

施設内には井戸があるので水だけは飲み放題だ、とジャックは笑う。

「ここの食料の買い出しはどうなっているの？」

セーラは、汚い食器の洗浄は後にして、食料保管庫を覗き込み中身を確認する。思ったよりも量はあったが、これがどのくらいの頻度で補充されるのか知りたい。

「あーん？　十日に一度、カリスフォード商会の人がやってきて色々置いてくぜ」

「最後にその人がきたのはいつ？」

「あー……三日前だな」

ということは、あと七日間新しい食料が調達されないということだ。

セーラが、勝手に買い物をすることは可能なのかと問うと、先立つものがないと答えが返ってくる。

お金の管理はすべて代理の院長がしており、子供たちの自由になるお金は一切ないのだという。

大人が金の管理をするのは当然だが、少し厳しい。ホワイト領の孤児院では、お小遣いという形でいくらかの小銭が子供たちに渡されていた。

ホワイト領は貧しいので、それは微々たるものだったが……それでも、子供たちが自分で買い物ができるように必要とされているのだ。

年々厳しくなる経済状況に、渡されるお小遣いは減っていたが、それもトーマスがくれた援助金によって、今頃は増えていることだろう。

故郷の子供たちの笑顔を思い出し、しんみりしていたセーラだが、気を取り直してもう一度丁寧に保管庫の中身を確認した。

様々な野菜や、塩漬けの肉と魚、穀物類がある。

施設の子供は全部で十七人。その子たちの腹を残りの七日間満たさなければならないのだと考えると、どう計算しても足りない。

「ミルクなんかはどうしているの？」

チーズとバターはあるが、見る限りミルクは置かれていない。

「はぁ？　十日に一度しか来ないって言っただろ？　ンなもん、あるわけねーじゃん」

「え!!」

ジャックの言葉に声を上げたのはロッテだ。彼女は先ほどからずっと何か言いたそうにしていた。ただ、セーラとジャックのやり取りを邪魔しないように我慢していたのだろう。

セーラは、ロッテのほうに向き直り、優しく聞いた。

「どうしたの、ロッテ？」

「いや、あの……だって、ミルクがないと、この孤児院自慢のミルクスープが作れないんじゃないかしらと……思ってぇ。ごめんなさい、お嬢様。お話のお邪魔をしちゃいましたわぁ」

ロッテは泣き出しそうな顔で、そう答えた。彼女は自分が育った孤児院の窮状(きゅうじょう)を嘆(なげ)いているらしい。

「そっちのちっこいのは、ここの出かよ？」

ジャックの質問にロッテは頷く。

ジャックがここに入ったのは二年前、エミリーはさらにその後だというので、ロッテの顔は知らなかったようだ。

ジャックは同じ孤児院出身のロッテには少し警戒心が薄れるのか、ため息をつきながらも先ほどより穏やかな口調になる。

「じーちゃん先生がいた時はあったけど、あいつに代わってから食卓にミルクスープが載ることはなくなったよ。ガキどもの中には、あの味を知らねーやつもいるんだ」

ジャックは忌々しそうに語る。

ロッテはますます涙目になった。

「そんな……」

「ミルクが手にはいらなきゃ、どうにもならねぇ、仕方がねーよ」

そこにエミリーが、ぽつりと呟いた。

「……ジャックは外に働きに出ようとしたことがあったの……」

その言葉を聞いたジャックが、チッと舌を打つ。

「余計なこと言うな、エミリー」

「でも！」

エミリーはなおも何かを言いたそうな雰囲気だ。

セーラはジャックをじっと見つめた。その黒い瞳の強さに押され、ジャックは先ほどよりも強く舌を打つ。

「ちょっと小遣い稼ぎに出たんだよ。ガキの一人が、風邪ひいたのに薬もなくて……あのクソに言っても、無視されたしよ。俺が薬を買ってやろうと思ったんだ。ガキでも、働き口は山のようにあるからな。……賃金は少ねーけど」

ジャックはメッセンジャーの仕事を見つけて、半日間働いたらしい。

数時間走り続けて得た賃金で薬を買い、孤児院に戻ったジャックを待っていたのは、勝手に抜け出したことに対する罰だった。鞭で身体を打ち据えられ、謝罪を強要されたのだ。

反発心から謝罪を断固拒否したジャックは、全身をくまなく鞭打たれたが、それでも自分の意志に反する言葉は口にしなかったという。

「……だがよ。あのクソったれは、こっちの嫌なことはよぉーく知ってやがんだ」

強硬な態度を取り続けるジャックに業を煮やした院長代理は、彼の妹分であるエミリーを連れてきて、連帯責任と称し彼女も鞭で打とうとしたのだ。

結局、ジャックは額を地面にこすりつけて謝罪をするハメになった。

「……エミリーを俺の意地に巻き込むわけにはいかねぇだろ」

自分の痛みは耐えられても、他の子の苦しみは我慢できない性分らしい。それはジャックに限らず、この孤児院の子供たちに共通しているという。

そこにつけこんだ院長代理は、子供たちの誰かが逆らった時は、まず当事者を痛めつけ、さらに他の子を見せしめに痛めつけるようになった。

「なるほど」

これ以上にないほどジャックが悪態をつくのもわかる。

実はセーラも、院長代理に挨拶をした時、好感を持てる人物だとは言い難いという印象を受けていた。

ただ、人となりをよく知りもせずに判断するのは悪いだろうと、その印象を引きずらないようにしていたのだが、どうやら思い直さなくてもよかったみたいだ。

なぜそのような男に、この孤児院の運営を任せているのか。

セーラは腹を立てたが、事前にトーマスから彼が遠縁の男だとは聞いていた。つまり身内を雇用したのだ。大商会カリスフォードにも、話にならない汚点が存在するらしい。

「ということで、ここはさ、そんなところになっちまったんだよ。だからさ――」

ジャックの顔から表情が抜け落ちた。それは助けを諦めた人間の顔だ。

何度も踏みつけられ、もう救いの手を待てなくなってしまったのだろう。

けれど、彼はすぐにへらりと笑う。

「――あんたたちも、さっさと出ていったほうがいい。ねーちゃんなんか、とくに。いいとこのお嬢さんなんだろ？　このままここにいたら、嫁入り前の大事な身体なのに、あのゲスがナニをするかわからねーぜ」

「優しいのね、ジャック」

「ンなわけじゃねーよ。女が痛い目に遭いそうなのを事前に防ぐのは、男の役目だろ」

軽口は、セーラたちが自分たちを心配しないようにという心遣いらしい。それがわかったセーラは、胸が締めつけられる。

それに、嫁入り前ではなく、すでに人妻だ……それを今、口にできるわけもないが。

唇の口角を上げて笑うジャックは、子供とはいえ頼もしく見える。ベッキーとロッテ、それにエミリーは頬を赤くしていた。

この少年は将来、かなりの有望株だ。いや、今の段階でも、けっこうモテているのではないだろうか。

この子たちには、助けが必要だ。自分が想像していた以上に、ここの環境は悪い。

すぐにトーマスに報告を……

けなげな子供たちに、セーラは固く心を決める。

しかし、そこで冷静になった。

自分は確かにトーマスの妻であるが、信頼関係ができているとは言い難い。

この前の夜会ではそこそこ役に立ち、それなりに恩に報いたはずだと思っているけれども、だからといって、自分の訴えがそのまま受け入れられるとは到底思えなかった。

院長代理は親戚だというし、トーマスは商人だ。言葉だけではなく、何かしらの証拠を提出しなければ、納得はしないだろう。

「忠告はありがたく受け取るわ。でも、しばらくは様子を見てみようと思う」

「物好きなねーちゃんだなぁ。そっちの二人もいいのか？　このお嬢さんの我儘に付き合っているだけなら、やめといたほうがいいと思うぜ」

その言葉にセーラは、はっと気がつく。

確かに、この孤児院を訪問するのは自分の我儘だ。ここまでベッキーたちについてきてもらっているが、これ以上は悪いかもしれない。

「そうね。ベッキーとロッテは、好きなようにしていいのよ」

旦那様には私のほうから言っておくからと、視線で伝えると、はっきりと否定の言葉が返ってきた。

「いいえ、お嬢様。わたくしは、お嬢様のお供ですから」

「ロッテも！　ファーザーが帰ってくるまで、ひどい人にこの孤児院が好き勝手にされるのは許せませんものぉ！」

ジャックの話に感情を刺激されたのは、セーラだけではなかったようだ。プンスカと怒る二人の少女が、頼もしい。

どことなく気弱な印象があるベッキーの顔は、いまや凛々(りり)しく、ロッテも頼もしく見える。

三人娘の意志は一致し、しばらくは様子を見るという話に落ち着いた。

「それじゃあ、さっそく食料に関して院長代理――ミスター・コルトとか言ったかしら？　その下(げ)郎(ろう)に直談判(じかだんぱん)しに参りましょう」

「ちょ、ちょ、ちょ、ちょ、待て！　ねーちゃん、俺の話聞いてたのかよ!!」

「お嬢様!!」

さっと身を翻(ひるがえ)して台所から出ていこうとするセーラを、慌(あわ)ててジャックが止める。一瞬遅れて、ベッキーも制止してきた。二人とも必死の形相(ぎょうそう)だ。

「少し話をするだけです」

「それが危ねーっての！」

「私も反対です！　お嬢様の身に何かあったら！」

「心配には及びません。わたくしこれでも、一通りの護身術は習っております」

貴族令嬢として、万が一の際に自分の身を守る手段は知っている。相手がよほどの腕利きでない限り、男性であっても遅れをとることはない。

それにセーラは魔術が使えた。

この国ではあまり知られていないようだが、セーラの母国ユーグラシアの貴族は、魔術を使える者が多い。自然界の力を借りて火を熾したり風を吹かせたり、水を出したりできるのだ。

敵を攻撃することもできる。

ホワイト領の天災対策にも使えれば良かったのだが、生憎ホワイト家の人間が使える魔法に、災害に有効なものはそれほどなかった。

魔術にはそれぞれ適性があり、適性外のものを扱うのは至難の業だ。

セーラやその家族は風と雷の魔術に適性を持っており、人を攻撃する術に長けている。それがある限り、魔術を見たこともない連中に自分をどうにかできるとは思えない。

「ベッキーとロッテは、台所を片付けておいてちょうだい。これじゃ、料理なんてマトモにできるわけがないわ。あ、ジャックとエミリーもよ。この院の方針には文句を山のようにつけたいけれど、ここにある食器で食事をしたのは誰がなんと言おうと、あなたたちなのだから。ちゃんと洗わないと」

ベッキーたちはまだ何か言いたそうな顔をしていたが、セーラの指示にこれ以上逆らうことはしなかった。ジャックも心配を不機嫌な表情で誤魔化しているふうではあるものの、渋々といった感じで首を縦に振る。

「でもよー、洗剤なんてここにはないぜ？」

洗濯場と同じように、食器用の洗剤もケチって買っていないのだと言われて、セーラは頭が痛くなった。

本当にあのコルトという男は、子供たちの生活がどう荒れようがお構いなしらしい。顔を見た途端に、その頬を張り飛ばしてしまいそうだ。

「ロッテ、ひとまず食器用の洗剤を買ってきてちょうだい」

ベッキーよりもロッテのほうが足が速いので、ロッテに買い物を頼む。

洗濯物の惨状（さんじょう）を見て、台所も似たようなものだろうと察するべきだった。

「ついでに、掃除用の道具も買っておいてくれるかしら」

セーラが追加注文すると、ジャックが一歩前に出て、ロッテの横に立つ。

「なら、俺も行く。チビ一人で持つには重くなるかもしれねーし、一人で歩かせるわけにはいかねえから」

「じゃあ、お願いするわ」

残るベッキーとエミリーは食器を水洗いしながら帰りを待つことになった。

セーラは今度こそ台所を出て、院長室に向かう。院長室は二階の一番奥にある。

扉をノックすると、不機嫌そうな男の声が返ってきた。

「失礼しますわ、ミスター」

執務用の机に着き、仕事をするわけでもなく爪磨きをしていた壮年の男は、セーラを見た途端、下卑た色を顔に浮かべる。

「おや、セーラ嬢。いかがしましたかな？」

セーラは、カリスフォード商会と縁のある、地方の金持ちの娘ということになっている。

娘の社会勉強をお願いする代わりに、この孤児院にいくらかの金が落とされる手はずであった。

そのせいもあって、コルトはセーラを好意的に受け止めているようだ。

「少しお話がありますの、ミスター。よろしいかしら？」

「ええ、構いませんよ」

コルトはセーラを上から下まで眺める。その舐めるような眼差しに、セーラの背筋が寒くなった。

視線だけで汚されているような気分になる。

トーマスも夜遊びに精力的だというから、好色なほうなのだろうけれど、それほど不快感を覚えたことはない。彼が美男子だということを別にしても、全体的に品があるせいだろう。

「――それで、レディ。いったい、どういった用件で？」

「率直に申し上げますわ。この孤児院には、色々と足りないものが多すぎます。食料しかり、日用品しかり。衣服や食器を洗う洗剤がないのは、なぜですか？　食料庫も覗かせていただきましたが、人数分が賄えるとは思えません」

カリスフォード商会からは、十分な援助金が与えられているはずだ。

現に院長が健在だった頃は、贅沢ではないけれども満足のいく生活をしていたと、ロッテたちは話していた。

故意に子供たちから快適な生活を奪ったのは、目の前のこの男だ。

「ああ、そのことですかな。実は、上からこちらへ回される援助金の額が、随分と減っておりましてね……わしも頭を悩ませておるんですよ」

「減らされている？」

そんな話は聞いていない。

「どうやら、院長の治療費に一部が回されているようでしてな。わしの立場からは強く上に請求することもできず……まあ、孤児院ですから、少しくらいは子供に我慢を覚えさせても、かえって教育になるってものですよ」

「それでは、純粋に資金が足りないということですの？」

「そういうことです。いやあ、困った。実に、困ったものです」

眉間に皺をよせて困った顔をしているコルトの肌は脂が光り、たっぷりと栄養を取っていることをうかがわせる。

子供たちには最低限のものしか出していないクセに、自分は随分いいものを食べているらしい。

彼の机に載っているカップから香るコーヒーの匂いも、質の良いものだ。

セーラは、どこが資金が足りないのだと、言ってやりたかった。

「不躾ですが、ミスターの指で輝いている指輪の一つでも売れば、少しは問題が解決するのではなくて？」

コルトの指には、趣味の悪いゴテゴテとした指輪が複数はめられている。その石の大きさはなかなかのもので、一つでも売れば金貨を得ることができそうだ。

そう指摘すると、彼は顔色を変えた。

「冗談を言ってはいけませんよ、レディ。これはわし個人が所有している財産でしてな。ここの運営は仕事です。個人の財産をつぎ込むつもりは毛頭ありません」

「……そうですか」

セーラは舌打ちをしたい気分になったが、ひとまずは引く。

「資金さえあれば子供たちの生活の改善が可能ということでよろしいのかしら？」

「まあ、そういうことですな」

「でしたら、一部をわたくしから補填しても？」

「ほほう？　レディが？」

コルトの瞳が嫌らしく輝く。金を引き出す餌食を見つけたと言わんばかりの露骨な瞳だ。

「この孤児院に援助をしてくださるのですか？」

「ええそうです。ほんの一部ですが、……わたくしのお小遣いなど、たかが知れておりますから。それでも、洗剤を買う程度のことならできます。その他は、わたくしの力では賄うことなどできませんわ」

「なるほど。それではお父上におねだりしてみてはどうですかな？」

コルトは限界まで金を引き出そうと思ったのか、図々しい提案をしてきた。セーラは怒りで顔が引きつりそうになるのを懸命に耐える。

いつも持っている扇子を置いてきてしまったことを、心から悔やんだ。あれがあれば、思いっきり顔をしかめることができたのに。

「そんなことはできませんわ。聞いてくださるわけがありません」

セーラは家から大金を引き出すことは不可能だと、きっぱりとはねつけた。

トーマスにこれ以上の借りをつくるわけにはいかないし、そもそも孤児院の資金が足りてないとは思えない。

はっきりと舌打ちされたのには、聞こえないふりをしてやった。

知れば知るほど品のない男だと、セーラの瞳が冷えていく。

「ですから、わたくしは自分にできることで、どうにかしたいと思うのです」

「あなたにできること、とは？」

「具体的なことはまだ。……この孤児院の子供たちにお手伝いをしてもらうことは、可能ですか？」

「子供たちに？　仕事を斡旋しようというのですかね？　きちんとしたところでならばともかく、人身売買まがいなことはご免ですぞ」

「ご冗談を」

（今すぐ、その口を閉じなさい！）

セーラは脳内でコルトを往復ビンタした。

「では、まさか身売りでもお考えで？」

「品のない冗談がお好きですのね、ミスター」

往復ビンタを繰り返していた脳内の掌がグーの形に変わる。妄想上のコルトは半泣き状態になった。

「ハッハッハ。もちろん、冗談ですとも。ウチのガキどもをどう使うか知りませんが、金が作れるのならば、願ったりかなったりですな」

その分自分の懐に入る金額が増えるからだろう。コルトは大して考えもせず許可を出す。いや、世間知らずのお嬢様の気まぐれで何ができるとでも、考えているのかもしれない。

コルトから言質をとったセーラは、笑みを浮かべた。

「承諾していただけて良かったです。それでは、ご機嫌よう」

さっと一礼して、部屋を出る。一刻も早く、コルトから離れたかった。彼ほどに不愉快な人間はいない。

台所に戻ると、買い物組も帰ってきていて、溜まっていた皿の洗浄がフル回転で行われていた。

「ジャック。他の子供たちはどこかしら？」

「そこら辺にいるよ」

「他の子たちにお手伝いをお願いしても、大丈夫だと思う？」

「ああ。けど、そのかわり」

ジャックは泡まみれになったままの手を自分のシャツで拭い、ズボンのポケットをまさぐる。そこから小さな袋を取り出した。

「チビどもがちゃんと働いたら、ご褒美をやってくれねぇかな？　あんたの金で勝手に買ったのは、悪いけどさ」

少しばつが悪そうに見せてきた袋の中には、たくさんの小さな飴玉が入っている。

どうやらジャックはお使い用に渡したお金で、この飴玉も買ってきたらしい。

「ご、ごめんなさい……セーラお嬢様ぁ」

ロッテが身を小さくして謝る。

彼女ではジャックを止めることができなかったようだ。いや、もしかしたら積極的に止める気にならなかったのかもしれない。

ロッテの気持ちがこの孤児院に寄り添っていることは、短い付き合いのセーラにもわかっている。

「あなたたち、そんな勝手に！」

ベッキーが二人を叱ろうとするのを、セーラは制した。そして、改めてジャックに向き直る。

しっかりと目を合わせた。

「ジャック。人のお金で勝手に買い物をすることが、悪いことだってわかっているのね？」

セーラはあえて厳しい表情を作った。

「うん。ちゃんとわかってる。だから、これは俺の借りだ。絶対に、将来返すからよ」

「そう」

ジャックの返答にセーラは表情を和(やわ)らげる。

ジャックのしたことは褒(ほ)められることではないけれど、お金の使い方としては悪くない。

「今度からは、買う前にわたくしに言いなさい」

「ああ。じゃあ、この飴玉(あめだま)チビたちに褒美としてやってもいいのか？」

「もちろんよ」

セーラの言葉にジャックは指を鳴らして喜び、ロッテとベッキーもホッとしたように表情を緩めた。オロオロとしていたエミリーも、一安心というように息を吐く。

「ねえ、ジャック」

「ん？」

「よくやったわ」

セーラはジャックに聞こえる程度の声で小さく褒(ほ)めた。

ジャックは驚いた顔をしたが、すぐにニッと笑う。

「それで、ねーちゃん。他のチビどもに、なんの手伝いをさせるんだよ？」

「建物のお掃除を頼みたいの。一度に全部とは言わないから、できる範囲で少しずつやりなさい」

セーラたちが台所を片付けている間に掃除をしてほしいと頼むと、ジャックは少し考えてから頷いた。

「わかった。掃除は俺が行ってやるよ。あのクソッタレが洗剤ケチるまではやってたんだ、やり方はわかる。とはいえ、俺が監視役をやらなくちゃな。おい、エミリー。このねーちゃんたちを頼むな」

「うん」

エミリーの頭を撫でたあと、ジャックは矢のように走っていってしまった。

そして三十分ほど。ようやく台所は使える状態になった。

「綺麗なお台所、久しぶりに見た……」

感動したように、エミリーが肩を震わせる。

誰だって綺麗なほうがいいのだが、気持ちがふさいでくると居場所も不思議と汚れてしまうことが多い。

セーラは嬉しそうな様子のエミリーを見て、満足感を覚える。そこに、ベッキーに話しかけられた。

「お嬢様。次はどうしますか？」

「もちろん、食事の準備よ。元々、そのつもりでここに来たんだから。まさか、先に掃除をするハメになるとは思わなかった」

セーラは苦笑した。

食事と聞いて、エミリーが顔を輝かせる。

「パンとチーズなら、そっちの棚にあるの！」

「ありがとう、エミリー」

セーラはエミリーに礼を言う。食料庫は確認済みだが、そんなことをいちいち口に出して楽しい気分を壊したくはない。

早速取り出したパンは一応紙に包まれていたが、中身はカチコチに硬くなっていた。

エミリーによると、この硬いパンを薄く切って、水に浸しながら食べるのだそうだ。

「これ、元からこの硬さなの？」

セーラが聞くと、エミリーは小さく首を横に振る。

「最初はもう少し柔らかいんだけど、日が経つにつれ石のように硬くなるの」

パンも十日に一度しか運ばれてこないので、その間に変化してしまうらしい。

「……昔は、この孤児院でもパンを焼いていたの」

院長が健在の時は、食事を作ってくれる係がいて、その人が毎日美味しいパンを焼いてくれたのだ、とエミリーは寂しそうに語った。

「だったら、エミリーたちが自分で作ればいいのよ！」

食料棚の中にパンを作る材料があるのを見て、セーラはそう提案する。

チーズやパンなど、調理の手間をかけずすぐに食べられるものはあらかた消費されているが、穀物などの食材は、ほとんど手をつけられていない。

「作る？　自分で？　できるの？」

エミリーは目を瞬かせる。ロッテも同じような表情だ。どうもこの二人は仕草がよく似ている気がする。

セーラは二人に大きく頷いた。

「材料もあるし、できると思うわ。ベッキーも作り方、わかるわよね？」

「簡単なものでしたら」

ベッキーが答えるのを聞き、セーラは腕をまくった。

実家でも自分でパンを焼いていた。パンの材料になりそうなものを山や森から探し出し、少しでも腹の足しになるように工夫したものだ。

「今あるパンだけじゃ、次の補給日までもたせることは難しいもの。わたくしとベッキーで教えるから、エミリーが覚えて他の子にも教えてあげて」

そう言うと、ベッキーが提案する。

「お嬢様。それならば、最初から他の子たちも呼んだほうがいいのでは？」

「確かにそうね」

エミリー一人に教えるよりも、一度に複数の子たちに教えるほうが効率がいい。技術を学べる機会があるのは、子供たちにとって悪い話ではないだろう。

「なら、エミリー行ってくるね」

慌(あわ)ただしくエミリーは出ていった。

台所には、セーラ、ベッキー、ロッテの三人だけが残される。

誰ともなく息を吐いた。

「いかが思います、お嬢様。コルトという男を？」

「お話にならないわ。同じ空気を吸うのも耐え難い人物よ」

ベッキーに尋ねられたセーラは、先ほどの不快すぎる対談を思い出し、苦虫を噛み潰したような顔になる。

「それでも、ここの子供たちと一緒にお金を稼ぐ許可は出させたわ」

「子供たちに働かせるんですか？」

ベッキーは目を丸くするが、子供が働くことは珍しくはない。現にロッテは十歳だが、屋敷で立派に働いている。

ただ、ロッテがカリスフォード商会の代表の屋敷で働けるのは、養父の身元がきちんとしているからだ。

孤児院の子供が働ける場所となると、条件が厳しいのではないかとベッキーが言う。

「その辺りのことは、わたくしに考えがあるの。一度、屋敷に戻らないといけないから今日はどうしようもできないけど……」

（まさか、役に立つ日が来るとは思わなかったけれど、実家からアレを持ってきていて本当によかったわ）

セーラが、ベッキーに自分のアイディアを説明しようとした時、大きな声が聞こえた。

「パンを作るんだって？」

台所のドアではなく、廊下に面している窓から顔を覗かせているのは、ジャックだ。

見れば、彼だけではなく他の子供たちも窓辺にがん首を揃えている。出入り口の扉にも、何かのオブジェのように子供たちの輝く瞳がいくつも並んでいた。

ざっと数える限り、施設の子供たちほぼ全員が集まっているようだ。

「まあ。もしかして、全員来てしまったの？」

確認をすると、ジャックが代表して答える。

「一番小さいの以外は、全員来てるよ。一通り掃除も終わったしな。パン作りを教えてくれるってんなら、全員で見学したほうが手っ取り早いだろ？」

仕事が一段落ついたところだった彼らは、エミリーの話を聞いて、全員で見学に行く流れになったらしい。

ジャックはなかなか知恵が回るようだと頼もしく思っていると、彼はさらに報告を続けた。

「――あ、それと、ねーちゃん。あんたから預かった飴玉(あめだま)、全員に配ったからな」

ジャックの視線はエミリーに向けられる。

エミリーの頬は片方だけ小さく膨れていた。台所を担当していたエミリーは、皆より一足遅れてご褒美をもらったようだ。

「そう、ありがとう」

セーラは改めて、子供たちを見回す。

「わたくしは、セーラ。ご挨拶(あいさつ)はあとにしましょう。先に、パン作りをしなくちゃね」

セーラたちが孤児院に滞在できる時間には限りがある。今日はパンを作り簡単な食事を用意したら、時間切れになってしまいそうだ。

セーラは綺麗に片づけられた調理台の上に、小麦粉とバター、まだ残っていた卵、パンを作るのに必要な道具を並べる。

パンの材料と分量、作り方を教えながら、実際に手を動かしてみせた。

ジャックとエミリーにも作業をやらせる。

「最初にきちんと手を洗って。必ずよ！　汚れた手でパン生地を作ると、お腹を壊すことがあるから。そうそう。掌だけじゃなくて、爪の間……ジャック、手首まで綺麗に洗って」

「……ねーちゃん、じーちゃん先生より口うるせーな」

文句を言いながらも、ジャックは素直に言うことを聞いてくれる。隣では一生懸命、エミリーが小さな手を洗っていた。

手を洗い終えたことを確認後、さっそく生地を捏ねさせる。

「うえ、手がベトベトする。せっかく綺麗に洗ったのによー」

「……もにゅもにゅする……本当にパンできるの？」

生地を練っている間、ジャックもエミリーも不安げだった。他の子供たちも、今までパンを作っているところを見たことがなかったのか、心配そうな顔をしている。

「大丈夫よ、最初だけだから」

セーラの指示通りにジャックたちは動き、粘ついて指に張りついていたパン生地は、やがて塊になっていった。

「おお、なんか綺麗なやつができた」

「もう、ネバネバしないね」

ジャックが、丸めた生地を見学している子供たちに見せて回る。手を伸ばしてそれを触ろうとした子がいたので、セーラはやめるように諭した。

「この形になったら、しばらく生地を休ませるの。休ませるっていうのは、何もしないってことよ。生地の表面が乾かないように濡れた布を上からかぶせて……っと、この時間を使ってお互いに自己紹介をしましょうか」

作業が一区切りついたので、子供たちを集めて挨拶をする。

「先ほども名乗ったけれど、わたくしはセーラ。今日からこの孤児院で働かせてもらうわ。一緒にいるのが、ベッキーとロッテ。大きなほうがベッキーで、小さなほうがロッテよ」

「ベッキーです」

「ロッテです！」

穏やかな声で挨拶をするベッキーと、子供らしく無邪気に元気よく名乗るロッテ。

ちらほら、ロッテの顔を知っている子もいるようで、お互いに手を振り合っている。

セーラたち三人が挨拶を終え、今度は子供たちの番になった。

ここに集まっている中で一番小さな子は三歳の男の子、一番大きな子は十二歳になる女の子だった。女の子は、リーダー気質のジャックとは違い、内気そうに見える。

男女の比率は、男の子のほうが多い。

どの子も素直そうだが、やはり全員がどこか疲れているようだった。身にまとう衣服は汚れ、異臭がしている。先ほど洗濯したものに着替える前に、入浴が必要みたいだ。

帰る時間までに、そこまでやりきれれば良いのだが……

セーラはため息をついた。そして、パン生地の具合を確かめる。

「そろそろ、いいわね」

セーラはパン作りを再開した。

膨張した生地を成形し、予め温めておいたオーブンに入れる。薪で火の加減を調整し、あとは焼き色がこんがりとつくのを待つだけだ。その間、簡単なスープも用意する。

「ベッキー。スープのほうは、あなたに指導をお願いしていいかしら？」

「え、は、はい。大丈夫です」

セーラはベッキーに指導をバトンタッチすると、台所を出る。ロッテが慌てて追いかけてきた。それにジャックもついてくる。

「二人とも、台所で待っていていいのよ？」

「そんなわけには参りませんわ、お嬢様」

小さなメイド見習いは、奥様を一人にはできないと、使命感に瞳を燃やしている。

「まだこの孤児院の中をよく知らねーだろ、ねーちゃん。一人にしてあの馬鹿贅肉野郎の餌食になっちゃ、寝覚めが悪いからよ」

ジャックもそう言って譲らなかった。

コルトへの信頼はとことんないらしい。まあ、さもありなん。

あの男と言葉を交わせば、大半の人間は同じ感想を抱くだろう。

（本当になぜ、旦那様は、あんな男にこの孤児院を預けたのかしら。信じられない）

「それで、ねーちゃん。どこに行くんだ？　一応言っておくと、いいとこのお嬢さんが欲しがるようなお宝は、この施設にはねーぞ？」

「お嬢様がそんな意地汚いことするわけがありませんわぁ！」

「あーもう、キーキー喚くなよ、チビ。冗談に決まってるだろ」

「ロッテはあなたと同じ年齢ですわ！　レディとして扱ってくださいな！」

「さっきから思ってたけど、お前って、元はこの孤児院出身なんだろ？　なんで、ンな変テコなしゃべり方してるんだ？」

「変テコとはなんですのぉ！」

ジャックとロッテは言い争いをしながら、セーラの後をついて歩いた。

ちなみに、ロッテの独特の言葉遣いは、「高貴な生まれのご令嬢の真似」らしい。そうすることで、一人前のレディに近づくと思い込んでいるみたいだった。

セーラからすれば健げで愛らしい口調だが、ジャックにとっては不思議なものになるようだ。

微笑ましい二人の会話を聞いていると、不意にジャックが足を止める。

「あ、ねーちゃん。さっきの飴玉の袋。残りは返すよ」

そう言って、最初に見せられたものよりだいぶ軽くなった袋を、セーラへ渡してきた。セーラは足を止めてそれを受けとり、中身を確かめる。

「全員に配ったの？」

「ああ。すげぇ、喜んでた。甘いもんなんて、随分久しぶりだったからな。本当に、ありがとな、ねーちゃん」

照れたように笑ったジャックの笑顔は、キラキラと輝いている。

「本当に、全員に配った？」

「あ？　配ったって。平等に。あ、まだ寝てる一歳のチビには、飴玉は早いだろうって、やってねーよ」

ジッと、セーラはジャックの目を真っ直ぐに見つめる。

「な、なんだよぉう」

「あなたは、ちゃんと食べたの？　ご褒美の甘い飴」

そう聞くと、ジャックは小さく呻いた。ぷいっと視線を逸らす。

「いらねーよ。ガキじゃねーんだから」

うそぶくジャックの強がりが、可愛い。

「ジャック」

セーラは、返事をしかけて開いたジャックの口に、ポイッと飴を放り込んだ。

「いい子にはご褒美をもらう権利があるのよ」

口の中に広がる甘味に表情が緩みそうになるのを耐え、少年は眉間に皺を寄せ、わざと不機嫌そうな顔を作る。

子供扱いが、彼の矜持を傷つけるのかもしれないが、それでもセーラは甘やかしてあげたいと思った。

「ロッテ。あなたも、あーん」

「え？　そんな、お嬢様……」

もじもじと、ロッテは身をよじる。言葉では拒否しながら、その大きな瞳はセーラが摘んだ飴玉を注視していた。

「あなたにもご褒美」

ロッテはまんざらでもないような顔で、唇を小さく開ける。

そうして飴玉を受け取り、幸せそうな顔になったロッテに、セーラは思わず笑ってしまった。あとでベッキーの口にも入れてやろうと思いながら、再び歩き始める。

セーラが向かったのは、洗濯場だ。

まだ乾いていない衣服が風に吹かれてひらひらと泳いでいる。このままでは、セーラたちが滞在している間に乾くことは、まずないだろう。

セーラはその洗濯物の群れの前に、でんと立つ。

「今からすることは、秘密にしといてね？」

唇に人差し指を当て、ロッテとジャックにお願いした。二人はコクコクと首を縦に振る。

それを見届けてから、セーラは口の中で呪文を呟き洗濯物へ手を翳した。途端、風が洗濯物を包む。

温風に吹かれた洗濯物は、みるみる乾いていった。セーラが手を下ろした時には、すべての布から綺麗に水気が抜けている。

「な、んだ……今の？」

「おまじないよ」

魔術をおまじないだとセーラは言いきった。

絶対に隠しておかなければいけないということでもないのだが、こんなことからトーマスの妻だとばれてしまってはつまらない。

「へー。まじないって、こういうこともできるのか。俺はそーゆうのあんまり詳しくねーからわかんねーけど」

「そうよ。とにかく、今のは秘密。男の子だもの、約束は守れるわよね？」

「あ？　当然だろ。男に二言はねーよ」

三人は乾いた洗濯物を畳み、全員で分担して台所へ運んだ。台所では、すでにスープを煮込む段階に入っている。

「手が空いている人から、湯浴みをしてらっしゃい」

着替え用の洗濯物を渡していくと、子供たちは久々に洗濯されて清潔になった衣類に歓声を上げた。そのまま入浴場に走っていく。

この施設のお風呂は、大きな浴槽に井戸から汲んできた水を入れ、専用の魔石を入れてその水を温めて使うのだという。これは、ミラーノではごく一般的な風呂の形態だ。

「ご飯の前に身体を綺麗にしたほうがいいわよね」

わずかに残っていた子供たちにもう一度声をかける。

ジャックとエミリーも風呂場に向かった。ただし、ジャックは出ていく際に忠告を忘れない。

「俺たちが行ったら、台所に鍵をかけろよ！　内側からもかかるようになってるから」

彼はあくまでも、コルトを警戒しているらしい。

ジャックの異様なまでの態度に、セーラは、よほどひどい目に遭わされたに違いないと胸を痛めたのだった。


翌日。朝食を食べたセーラは、ベッキーたちを連れて再び孤児院を訪れた。

昨日子供たちは、手作りのパンとスープを喜んで食べたが、まだまだそれでは足りない。

初めて顔を合わせた時よりは顔色が良くなっているとはいえ、肉付きには改善の余地がありすぎる。定期的に補給される食料品の量を改善しなければ、問題の根本は解決しないだろう。

そこで、セーラは故郷から持ってきていた、とっておきを用意したのである。

「――モイトレ？」

「そうよ。これを植えて、食料にするの」

今、セーラの前に並ぶ子供たちは、一様に不思議そうな顔をしていた。

セーラは孤児院の何もない一角を耕して畑とし、モイトレと呼ばれる植物を植えるつもりなのだ。

モイトレというのは、ホワイト領特有の植物で、土に植えれば当日のうちに芽が出て、翌日には葉を生やし、実の収穫までに三日程度しかかからない、驚異的に成長の早い植物なのだ。その繁殖力はとても強く、痩せ細った土地でも実をつける。

その実は掌くらいの大きさで深い紫色の皮で覆われており、生のままでは食べられないのだが、火を通すことで甘味が増し、ほくほくとした食感が楽しめる。

食料事情を改善しなければならない孤児院の子供たちにとって、これほど都合の良いものはない。

天災が立て続けに起きたにもかかわらず、ホワイト領の領民たちに一人の餓死者も出なかったのは、このモイトレのおかげだといっても過言ではなかった。

セーラは嫁入りにあたって、その種をもってきたのだ。それ以外に、持ってこられるものがほとんどなかったとも言える。

「へえ、そんなすげぇ実があるのかよ」

一通りモイトレの説明をすると、半信半疑といった感じでジャックが顎に手を当てる。

「ひとまず、今日はここに畑を作ります」

この孤児院の敷地はけっこう広いのに、植物が育てられている場所は一つもない。

ホワイト領の孤児院には畑があり、ほとんど自給自足の生活をしていたので、セーラは最初それに驚いた。

おそらく、元々この孤児院はカリスフォード商会の援助を受けているので、食料事情が豊かで必要なかったのだろう。

だが、今は事情がまるで違う。

あのコルトが頭を打ち付けて記憶を失い心を入れ替えるか、もっとちゃんとした人間に後任を譲るかしない限り、食料が増えることはまずない。

一番いいのは、入院している院長が戻ってくることだが、無理をさせるわけにはいかなかった。

「さ、はりきってやりますわよ！」

そう宣言したセーラは、鍬を肩に担いでいた。その頭には、汚れてもいいようにと農婦がつけるようなほっかむりをかぶっている。おまけに、手には農作業用の軍手をしていた。この軍手は、子供たち全員に配られている。

主人であるセーラにならって、ベッキーとロッテも似た格好をしていた。

この格好に着替えたセーラが、自分たちにもこれに着替えるように言ってきた時、二人はひどく混乱したものだ。

「……お嬢様がこんな格好をしているなんてメイド長が知ったら、卒倒ものでしょうね」

「きっと、怒りのあまり血管が切れてしまいますわぁ」

張り切って畑を耕すレクチャーをしているセーラの後ろで、ベッキーとロッテはこそこそと言い合う。

メイド長のミンティーは厳しい性格で、とくにセーラの行動には一際目くじらを立てるのだ。

けれど、セーラはそんなことは気にしていなかった。とにかく今は、この孤児院をどうにかしてあげたい。

「じゃ、皆。一列に並んで後ろに下がりながら、土を掘り返すわよ～」

「おー‼」

掛け声をかけると、子供たちが元気に返す。

「えいやーこらや‼」

腰を入れてセーラは鍬をふるった。生まれながらの農婦のように、堂に入っている。

「えいやーこらやー‼　も一つおまけに、えいやーこらやー‼」

セーラの声に子供たちが続いた。

「えいやーこらやー‼」

「も一つおまけにえいやーこらやー‼」

徐々に孤児院の一角に立派な畑ができ始めた。

ベッキーとロッテもそれを手伝う。

こんなこと、大商会の奥様、ましてや貴族のお姫様がするようなことではない。

「奥様って、かわっているわ」

「……でも、すごくいいと思うのですわぁ」

二人はどこかまぶしそうに言い合う。

そうして一日、モイトレを育てる土壌作りに費やした。

「さ、このくらいでいいかしら？」

やがて土と汗で顔を汚したセーラが、朗らかに言う。その表情には、カリスフォード家の屋敷では見られないような輝きに満ちていた。

「皆、今度は一列に並んで種を蒔くわよ！」

「おー!!」

楽しそうな声が上がる。子供たちはすっかり、セーラに魅了されていた。

「ベッキー、ロッテもモイトレは初めてでしょう？　実ったら、一緒に食べましょうね」

セーラは爽やかな気持ちで、ベッキーとロッテに振り返る。すると、心底感動したというような二人の声が返ってきた。

「お嬢様、一生ついていきます」

その言葉に、セーラは幸せな気持ちになった。


耕した畑にモイトレの種を埋め水を適量かけ、三日が過ぎた。

セーラが説明した通り、モイトレの実が生った。

「おおおおおお！　本当に実った！」

ジャックが喜んで大声を出した。

モイトレは一度実ると、土に植えて水を与え続ける限り半永久的に実をつけ続ける。これで、だいぶ食料事情が改善できるはずだとセーラは胸を撫で下ろした。

子供たちとともに実ったモイトレを一ヶ所に集め、用意していた鍋に入れた。

「モイトレは焼いても美味しいけれど、今日は茹でましょう」

グラグラと湯を煮立たせること数十分。周囲に、ほのかに甘い匂いが漂ってきた。

セーラは一つを取り出し、細長い棒で突いた。スッと棒は中へ入り、完全に火が通ったことを知らせる。

他のモイトレも取り出し、手で持てる温度まで少し冷ました。そして、その場にいる全員の手に渡す。

「外の皮はこうやって、簡単に剥けるから」

するするとセーラが手で皮を剥く。中から狐色をした実が姿を現した。子供たちもセーラにならって皮を剥く。

まずはセーラがモイトレに口をつけた。ほろほろとした中にもねっとり感の残る不可思議な食感が広がる。

非常に甘いその実に、口の中いっぱい幸せになった。

ホワイト領を離れて、しばらく口にしていなかった故郷の味に、セーラは言葉もなく悶える。

セーラの反応を見て、子供たちもわれ先にと大きな口でかぶりついた。一瞬呆けた顔になり、それからすぐに喜びを爆発させる。

「甘い!!」

「美味しい！」

「うめー!!」

「あつッ……でも、超うめー!!」

熱い熱い、甘い甘いと、皆大喜びだ。

甘味など滅多に口にできない子供たちのはしゃぎようは、一見の価値があった。その嬉しそうな顔に、セーラの表情も綻ぶ。

ベッキーとロッテも、嬉しそうだ。屋敷で食べる焼き菓子などのおすそ分けよりも、喜んでいる気がする。

満腹になるまで食べることができない日々を過ごしていた子供たちは、一つ目を食べ終えると二つ目、三つ目と手を伸ばしていった。

「食べすぎると、お腹が痛くなるわよー」

セーラの忠告もなんのその。子供たちはモイトレの味に夢中になる。

見ると、ベッキーとロッテも二つ目に手を伸ばしている。ベッキーはセーラの視線に気づき、瞬間湯沸かし器のように真っ赤に頬を染めた。

「……はしたなくて申し訳ありません！」

「申し訳なく思うことなんて、何もないわ」

セーラは遠慮しないでお食べなさいと勧める。故郷の味の評価が高くて嬉しいくらいだ。

セーラには、このモイトレを使って商売を始める算段があった。火を通すと甘くなるモイトレは、お菓子の材料として立派に勝負ができる逸材なのだ。

都合のいいことにモイトレは、このミラーノでは流通していない。物珍しさも出せて、なかなか良い売り上げになるのではないかと思っている。

「――おやおや、なんの騒ぎですかな？」

不意にねっとりと脂じみた声がして、辺りの空気を凍らせた。それまで楽しそうにワイワイ騒いでいた子供たちの顔に恐怖の色が浮かぶ。ジャックは表情を消してしまった。

セーラは努めて明るい声で返す。

「まあ、ミスター・コルト。ようこそお越しくださいました。少し珍しい食材が手に入ったので、皆で味見をしていましたのよ」

本日もコルトは両手の指に邪魔になるくらいの指輪をつけ、贅沢でついた脂身を上等な衣服に包んでいる。

「ほほう。それはいったいどんなものですかな？」

「モイトレです。ご存じかしら？」

「モイトレ？」

コルトは告げられた名称を鸚鵡返しにする。そして、興味を削がれたように鼻を鳴らした。

「ああ、どこぞの田舎で採れるとかいう貧困の象徴のような作物ですか。なんでも、どんな土地でも育つとか……」

コルトの言い様に、セーラは思い切りカチンと来たが、鋼の精神で我慢する。

「多分、そのモイトレですわ」

そして、ニッコリと微笑む。

彼女は朗らかに笑ったつもりだったのだが、それを見た幾人かの子供たちの喉から悲鳴が漏れた。

その悲鳴には気づかなかったことにする。

「ミスターも、お一ついかがですか？」

（この実が美味であることを認めるがいい！）

そうセーラが思っていると、コルトはまたしても鼻先で笑い飛ばした。

「ご冗談を、レディ。わしがそんな貧乏臭いものを口にするわけがないでしょう。それにしても、随分と憐れなものですなぁ、カリスフォード商会が資金援助を出し渋るものだから、こんなものしか口にできないなんて……ああ、なんて可哀想な子供たちなんだ！」

その同情が口先だけのものであることは、この場にいる誰もがわかっていた。

本当にカリスフォード商会の援助金が足りないのであれば、訴えればいいのにそれすらもしないのは、コルトにこの孤児院の運営を良くしようと思う心が一欠片もないからだ。

「けれどまあ、あまり大きく騒ぐ必要はありませんね」

コルトは嘲笑するだけ嘲笑すると、その場を去っていった。どうやらただ難癖をつけたかっただけらしい。

「……あいつ本当に耳の孔から脳が漏れ出て死なねーかな」

「そんなことを言っては駄目よ」

ジャックに注意したものの、セーラも似たような気分だった。

夕刻、孤児院から出たセーラたちは、それぞれの格好を見て苦笑した。

馬車の中で着替えるので、今はまだ孤児院の中で働いていたまま、泥と汗で汚れた姿だ。一日思い切り働いた心地よい倦怠感と達成感に包まれているが、今の姿を屋敷の人間たちに見られたら、卒倒されかねない。

「奥様。早くお着替えになりましょうね」

「わたくしは別に、この格好でもいいのだけれど……」

「なりません」

そんな会話を交わしながら、待ち合わせ場所にいるはずの馬車へ向かう。ところがセーラ一行を呼び止める甲高い声があった。

「まあ、セーラお姉様！」

声の主を見ると、少し離れたところに愛くるしい美少女ラヴィ・ハートが、お供を二人連れて立っている。

「あら、ラヴィ」

セーラが名前を呼ぶと、彼女はトコトコと近づいてきた。畑仕事で汚れているセーラとは対照的に、ラヴィはどこに出しても恥ずかしくない令嬢然とした格好をしている。観劇か何かに行く途中なのかもしれない。

「どうなさったのですか、そんな格好で？　…………ぷっ」

思わずといった感じで、ラヴィが噴き出した。彼女の後ろにいる女たちの唇もわずかに笑みの形に歪む。

その態度にピクンと反応を示したのは、セーラではなくベッキーとロッテだった。彼女たちは、

揃って眉間に皺を寄せる。

ムッとした表情を隠そうともしない両名と、ラヴィの後ろに付き従っているメイドらしき少女たちの視線がかち合い、火花を散らした。

そんなメイドたちの見えないバトルに気づくことなく、セーラはラヴィに笑いかける。

「どうかしたの、急に笑ったりなんかして？」

愛くるしいラヴィが、まさか自分を嘲笑しただなんて、セーラは思いもしなかった。

今の自分の姿が淑女としてあるまじきものであることは理解していたが、この可愛い少女が、他者を貶めるような笑い方をするわけがないと信じている。

「なんでもありませんわ、お姉様。ちょっと面白いことを思い出してしまいまして……。ねえ、本日はどうしてそのような──素敵な格好をなさっているのか教えてくださいませんか？」

ラヴィの言葉を素直に受け止めたセーラはパッと表情を輝かせた。「素敵」という言葉を発した時の、皮肉っぽい口調には気づかない。

「少しこちらに所用があったの。もしかして、あなたもこういったことに興味があって？」

ラヴィも自分と同じように土いじりに興味があるのかもしれない。そう勘違いしたセーラは、楽しい未来を夢想する。

折りを見て彼女を農作業に誘ってみよう。一緒に畑仕事をしたら、きっと楽しい。

経験はあるのだろうか。鍬を持つ時、腰の入れ方が甘かったら、手とり足とり、指導をしても構わない。

ところが、ラヴィの返答は否であった。

「いえ、興味など欠片もありません」

意外なほどきっぱりとした声音だ。

己の意見をきちんと言える子なのだなと、セーラは感心した。

「わたくしのことより、お姉様がそのような格好で出歩いていることを、トーマスお兄様はご存じなのでしょうか？」

「旦那様が？　いえ、知らないと思うわ」

セーラは当然のように答える。

相変わらずトーマスと顔を合わせる機会はほとんどないし、汚れた衣服は馬車の中で着替えている。それらの服はベッキーとロッテが責任を持って洗ってくれているので、屋敷内でセーラたちの所業を知っている者はいないはずだ。ベッキーの幼馴染だという御者も、セーラたちのことを秘密にしてくれている。

セーラとしては別段隠すつもりはなかったのだが、メイド長のミンティーが知ったら強く止めるだろうという、ベッキーの懸念に従っているのだ。

「そうなのですね」

ラヴィが春の女神のように微笑んだ。けれど、黄昏時の深い影のせいで、その笑顔は以前の夜会で見た時と少し違って見える。

（あら？　なんだかラヴィの笑顔に違和感が……）

セーラは、気のせいだと首を横に振った。

「――お姉様、ごめんあそばせ。わたくし、お芝居を見に行く途中でしたの」

しばらくして、用事を思い出したのか、ラヴィは一礼して、セーラの傍らを通り過ぎようとした。

可憐な横顔は、生粋のお嬢様然としている。

その途中で、ラヴィの踵の高い靴がセーラの足を思い切り踏んだ。

「痛っ！」

セーラが思わず悲鳴を上げる。ベッキーとロッテが色めき立った。

「何をっ……！」

「まあ！　申し訳ありません！　足がよろめいて……」

悲鳴混じりのベッキーの非難をかき消すように、ラヴィが謝罪する。

「今のが故意ではないと!?」

「足がふらついただなんて、よくもまあ!!」

絶対にわざとだと言外に責めるベッキーたちを、セーラは手で制した。確かに、若干不自然さは感じたが、ラヴィがそんなことをする理由に思い当たらない。

「大したことはないわ」

「でも、奥様……！」

ベッキーとロッテの顔は怒りに染まったままだ。そんな彼女たちの態度のせいなのか、ラヴィはしくしくと顔を両手で押さえて泣きだしてしまった。

「ひどい……わたくし、わざとじゃありませんのに……」

「ラヴィお嬢様……！　ああ、なんとおいたわしい」

「ほんの些細な過ちを、そのように責め立てるとは……」

泣きじゃくるラヴィを彼女付きのメイドたちが慰める。セーラもそれに加わった。

「まあまあ。そのように泣かないで、ラヴィ。わたくし、まったく気にしておりませんわ」

本当は、全体重を込めて踏まれたのではないかと思うくらい痛かったのだが、責める気持ちは元よりない。

その後、ラヴィを宥めるのに時間がかかってしまい、セーラたちの帰宅は普段よりも遅いものとなった。

帰宅したセーラを待っていたのは、厳しい顔をさらに厳しくしかめたミンティーによる説教だ。

「奥様。定刻にお帰りいただけないと食事の時間がずれてしまい、コックたちが困ります。それに、由緒正しきカリスフォード家に嫁いだ方が、外で遊びほうけているなどという噂が立っては、旦那様のお立場が悪くなるでしょう。これまで貴族として、奥様が散々甘えていらっしゃったことは、このたびの一件でも重々承知いたしました。貴族とはさぞやご立派なものでございましょうが、今はこのカリスフォード家の一員なのです。節度のある行動をお取りください。この家の名を汚すことはございませんよう」

硝子のように冷たい、ミンティーの一方的な言い分にセーラは少々げんなりした。

ラヴィとのこともあり、思った以上に疲れが蓄積している。

怒るミンティーを宥めようと口を開こうとした時、ベッキーとロッテが眉をキュッと顰めて、先に口を出した。

「ミンティー様。奥様に対して、少々言葉がすぎるのではありませんか」

「そんな意地悪な言い方をしなくても、いいと思いますわぁ！」

今まで自分に逆らったことのなかった年若いメイドたちの思わぬ反抗に、ミンティーの顔がサッと赤くなる。

「お黙りなさい！　いつからそんな生意気な態度を取れるような立場になったのです、レベッカ・ホーデン。ロティーシャ・モリガ！」

二人を正式なフルネームで呼ぶ彼女の雷鳴のような一喝には、どこか理不尽なものがある。

「そんなに目くじらをたてないでちょうだい、ミンティー。これからは気をつけるわ」

セーラは疲れて、ミンティーを部屋から追い出す形で下がらせる。

ミンティーはまだ言いたいことが山のようにある様子を見せながらも、逆らうことなく部屋を退出した。

元々、ミンティーのセーラに対する態度はいいものではなかったが、どうも時間が経つにつれいっそう厳しいものになっている気がする。

「お気になさらないでください、奥様。ミンティーメイド長の態度には、いささか疑問を抱かずにはおれませんわ」

「そうですわぁ。きっとお年によるヒステリーですわ！」

憤然としているベッキーとロッテに苦笑して、セーラは疲れを取るためのお茶を持ってきてもらうことにする。

全身運動の畑仕事よりも、人間関係のほうに疲労を覚えた。

用意された香りのいいお茶を飲みながら、フッと「そう言えば、ラヴィの一人称は名前じゃなかったかしら？」などと、どうでもいいことを思い出す。

しばらくして、お茶を淹れ終えたベッキーがエプロンから一通の白い封筒を取り出した。

「奥様。お手紙が届いておりますわ」

差し出し人の名を見ると、セーラがこのカリスフォード家に嫁いでから、何度も手紙をくれているあの相手だ。

――エリザベート・ジェーン。

セーラはその名前に心を癒され、微笑を浮かべたのだった。

「いやあ、今宵も細君の艶やかなこと。実に、羨ましいことですなぁ」

「本当に、美しい。あのように美しい方を迎えることができるとは、カリスフォード殿も男冥利につきますな」

トーマスは、周囲から浴びせられる羨望の眼差しに、内心でほくそ笑んだ。

今宵の夜会でも、注目の的となっているのは、己の妻——カリスフォード夫人となったセーラだ。

彼女と夜会に参加するようになってから、今まで近づくこともできなかった人間との繋がりがいくつもできた。

我が物顔で貴族専用サロンに出入りできるのも、すべてセーラのおかげ。笑いが止まらない状態だ。

トーマスは心から笑顔になる。

「ええ、わたしには勿体ない相手だと思います」

当初は、まだ当分結婚などするつもりはなかった。特定の女に束縛されるという状況になるのが気に入らなかったのだ。

だからセーラとの結婚を決めた時、自分の人生が半分終わることを覚悟した。

それがどうだ。

「――本当に、我が妻ながら美しい」

少し離れたところで美しく佇むセーラを見ながら、トーマスはグラスに口をつける。

セーラの周囲には、夜会で交流を持つようになった奥方連中が集っている。きっと今頃彼女は、頼んでおいた商品をそれとなく薦めてくれているはずだ。

トーマスは彼女の容姿以上に、その聡明さ、とりわけ優れた話術を気に入っていた。貴族のブランド力さえ手に入れれば文句を言わないつもりだったのに、嬉しい誤算だ。

カリスフォード商会は順風満帆。

これで、愛する弟、カークがそばにいれば、なんの憂いもないのに……

それを思い出してしまい、トーマスはそっと息を吐く。

女にモテる割にガールフレンドは一人も作らない弟をそれなりに心配していたトーマスは、カークがセーラと婚約した時、自分の商売のためだけではなく心から喜んだ。

弟は彼女との手紙のやりとりをひどく楽しんでいたように見えたので、さらに安心もした。それがなぜ、ぎりぎりになって身を隠してしまったのか。

セーラが当初予想していたような我儘な貴族令嬢ではなさそうなことがわかった今、ますますその原因がわからない。

今さら彼に結婚を押し付けようとはしないので、無事であるかどうかだけでも知らせてくれれば……と、トーマスは姿を消した弟を想った。

そこに突然、可愛らしい声が聞こえる。

「トーマスお兄様！」

すぐそばにラヴィが駆け寄ってきた。

両親に連れられて、彼女も夜会に参加していたらしい。

自分よりも頭二つ分ほどは小柄なラヴィの顔を、トーマスは見下ろした。彼女とは年に数える程度しか顔を合わせないのだが、なぜか懐(なつ)かれていて、いつも彼女のほうから喜々として身を寄せてくる。

トーマスは軽く笑いかけた。

「ラヴィ。君も来ていたんだな」

年齢は妻となったセーラとさほど違わないはずなのに、比べると随分と幼い。

実年齢よりも年長に見えるセーラは、あれでもまだ十代の少女だ。夜会で自分に群がる男たちを楽しげに翻弄(ほんろう)している毒花のような魅力からは、到底信じられないな、とトーマスはちらっとそちらに視線をやる。

「ええ、お兄様はお一人？　……な、わけはないですわよね」

彼の視線につられ、ラヴィも夜会の中心になっているセーラを見つけたようで、ほんのわずかに肩を落とした。そして、何かを言いたげにジッとトーマスを見る。

気にかかることがあるのだろうかと、トーマスはラヴィに尋ねてみた。

「ウチの妻がどうかしたのかな？」

「いえ、その……どういうことではないのですが……」

非常に言いにくそうに、モゴモゴとラヴィは口ごもる。

けれど、少女は周囲に視線を巡らせて自分たちの会話を他人が聞き留めていないことを確認し、心を決めたような顔で背伸びをした。トーマスの耳に顔を近づけると、声を潜めて言う。

「あの、差し出がましいことだとは思うのですが……トーマスお兄様は、お姉様とうまくいっておりますの？」

「というと？」

ラヴィの言葉の意図がはかれず、トーマスは聞き返した。

うまくいくもいかないも、セーラとの夫婦生活は一般的なものとは程遠い。

ただ、屋敷内の人間にそれを口外するような者はいないので、ラヴィが何かを知っているとは思えなかった。

主人のプライベートを外に漏らす者は、即座に解雇をされても文句は言えない。カリスフォード商会を解雇され、紹介状すら取得することができなかった人間の末路は、あまり愉快なものではないはずだ。

「実はあの……先日、お姉様を街でお見かけしましたの。その時のご様子が、なんと言いましょうか……少し、その……カリスフォード家の人間としては、相応しくない姿で……」

「ほう？」

トーマスはにわかにラヴィの話に興味を持った。

最近、セーラが孤児院に顔を出していることは、知っている。けれど、彼女は拍子抜けするほどに、買い物などの遊興には興味がないようだ。そのセーラが、ラヴィが口ごもるような格好で何をしていたというのだろうか。単純な好奇心が頭をもたげた。

「少し詳しく聞いても？」

「え、ええ。ラヴィは先日、観劇に向かいましたの。そうしたら、本来なら人目を憚るような……その、ラヴィの口からは伝えにくい……信じられないほどみっともない……格好で……人通りの少ない道を、お姉様が歩いておりましたの……ラヴィは、驚いてしまって、あのような姿でお姉様が歩き回っていることを、トーマスお兄様が知っているのかと気になり……勇気を出してお姉様に問い質したのです」

その時のことを思い出しているのか、ラヴィはわずかにカタカタと震えていた。恐ろしい目にも遭ったのか、セーラがこちらに帰ってこないかとひどく気にしてもいる。

「……そうしたら、トーマスお兄様は知らないと……」

「ふぅん？」

ラヴィの話はさっぱり要領を得ないが、とくに面白いものでもなさそうだ。トーマスは急激に興味を失う。

彼女がどのような格好で何をしていても別段構わない。もともとそういう約束なのだ。

だが、カリスフォード家の名を貶めるような真似は極力避けてもらいたい。とりあえず、そう注意しとけばいいかと考えていると、ラヴィが言葉を続けた。

「ラヴィは、お姉様を怒らせてしまったようで……ひどい暴言を受けましたの」

「なんだって？」

トーマスは耳を疑い、聞き返した。あまり一緒にいることのない妻だが、その容姿に反して、性格はどちらかというと穏やかな印象がある。

「いえ、元はラヴィがあまりの衝撃でふらついてしまい、お姉様の足を踏んでしまったことが発端なのです……もちろん、悪いのはラヴィのほうだと重々承知しているのですが、お姉様の叱責が強くて……」

うるりと、ラヴィの大きな瞳が涙で潤む。

「足を踏んだのは、わざとではないのだろう？」

どういう状況なのか相変わらずよくわからないが、どうやらラヴィはセーラの不興を買ったらしい。

「お姉様には、後ろめたいところがあったのかもしれません……」

隠していたいことをあばかれた焦りから、些細な過ちを許せなかったのではないかと、ラヴィは俯いて呟いた。

けれどすぐに顔を上げる。その大きな瞳から、ぽろりと涙が一粒零れ落ちた。

彼女は泣いたことを恥ずかしがるように、ハンカチを目元に当てる。

「ラヴィ……」

「ごめんなさい、トーマスお兄様。こんなことで泣いてしまうなんて……でもラヴィは、お姉様がどのような方なのかよく存じておりません。もしも、お姉様がトーマスお兄様に相応しくない方だったら……とても、悲しいのです……」

　大きな瞳の端には、まだ涙が浮かんでいた。少女の切なげな涙をトーマスは指先で拭う。

「ラヴィが心配することは、何もないよ。そうだな。私のほうからも、妻にそれとなく聞いておこう」

「……差し出がましい真似をして申し訳ありません……」

「いや、気にしないでくれ。ラヴィが、私のことを心配してくれていることはよくわかった」

　ラヴィは健げにも微笑んだ。純真無垢に見える笑顔だ。

「ラヴィは昔から、トーマスお兄様とカークお兄様を慕っておりますから……」

「ありがとう」

　視界の端で、セーラがこちらに戻ってこようとしているのが見えた。ラヴィも気づいたようで、逃げるようにドレスを翻す。

「カークお兄様がお隠れになったのも、もしかしたら……」

　そんな意味深な言葉を残し、ラヴィは客の群れの中に姿を消した。すぐにもやってきたセーラが残念そうな顔をする。

「あら、旦那様。先ほど、こちらに愛くるしいうさぎさんがいらっしゃいませんでした？」

「いや？」

　トーマスははぐらかした。

ラヴィの言葉をすべて信じたわけではないが、少しだけ気になっている。もしも、本当にセーラがいかがわしい姿で街を歩いているのであれば、問題だ。ラヴィがはっきりと〝いかがわしい姿〟と言ったわけではないけれども、ニュアンスから察するにそういうことだと思われる。

トーマスは改めて、艶やかな自分の妻を見た。

彼女は、カリスフォード商会で扱っているドレスの中で最上級のものを見事に着こなし、自身を飾る豪華な宝石にも負けていない。

夜会に参加する紳士たちの多くは、この妻の美しさに心酔しているといっても過言ではなかった。

（その彼女が、なぜわざわざいかがわしい格好を？　そんなことをするほど愚かな女性には思えないのに……）

さっぱり意味がわからず、トーマスは首を振る。そして、改めてセーラを見つめた。

「夜の宝玉とはまさに、あなたのことを言うのだろう」

感じるまま素直に賞賛の言葉を紡ぐと、セーラは口元を扇子で隠した。

彼女はあまり表情を見せるのが好きではないらしく、よくこうやって顔を隠してしまう。隠れたところから覗く美貌がまた、ミステリアスに映り、男心をくすぐった。

「少し外の風に当たらないか？」

「ええ」

少し話を聞いてみようと、庭が見えるテラスへ誘う。

エスコートをしている間にも、周囲の男たちから羨望の眼差しを注がれているのをトーマスは感じた。

チラリとセーラを見る。その、賢さと強さを兼ね備えた美貌にトーマスは惹かれずにはいられなかった。

自分の妻なのだから、それで問題ないのだが、セーラとは互いに干渉しないことを約束している。今更、彼女を欲するというのも肉欲に負けたみたいだし、一度でも関係を持ってしまうと面倒ごとが起こる気もして躊躇われるのだ。

トーマスはため息を心の中に隠した。ちょうどテラスに着いたので足を止める。

「――旦那様。折り入ってわたくしにお話でもあるのですか？」

「いや、少し外の空気を吸ってはどうかと思っただけなんだ」

ラヴィから聞いた話が本当なのか聞こうと思うのだが、切り出し方がわからない。トーマスはしばしきっかけに悩む。

一方的に責めるつもりはないが、話の仕方によってはセーラがへそを曲げてしまうかもしれない。万が一にでも、彼女に離縁を願われては困る。

今まで一度も高飛車に振る舞われたことはないとはいえ、相手はプライドの高い貴族である。確認はしていないが、実家は贅沢の末に財産を食いつぶしたという疑惑もある。

そこまで考えて、ハタリとトーマスは思い返した。

少なくとも自分の知っているセーラは、相手の言葉に聞く耳を持たないような人種ではない。それが、演技なのか、彼女の本質なのか……

知らない。考えてみれば、自分の妻になった女のことを、何一つ知らない。

何を喜び、何を求め、何を考えているのか。どういう人間なのか。

自分の目の前に立つ女のことを何も知らないのだと、強くトーマスは自覚した。ただわかるのは――

「――あなたは美しいな」

彼女を見て、そう思わない人間はいないだろう。

闇に溶け込む漆黒の髪。黒檀のような瞳。紅を引いたような赤い唇。彼女は最上の美を有している。

それは誰でも知っていることだ。だが、その内面――夫だけが知っていることは……何一つない。

「……どうかなさいましたの？」

セーラは、不思議そうに眉を顰めた。

「俺は……あなたがどこで何をしていても、構わない。そういう約束だ」

トーマスの唇から言葉が漏れ出る。感情のままにトロトロと蜜のように。

先程まで飲んでいたアルコールが、今頃になってきいてきたようだ。

「旦那様？」

セーラの眉間の皺がさらに深くなった。

「あなたは、本当の妻じゃない……」

契約で結ばれた、まやかしの花嫁。

恋情など一欠片もなかったはずだった。

親愛の情すら湧かない、家柄と美貌だけが取り柄のような、つまらない女だったら良かったのに……

「……俺はあなたを愛してなんか……いない」

そうだ。それで、間違いない。肉欲は刺激されても、心からの愛情を自分がこの毒花に抱くわけがないのだ。

「俺は……もっと、純朴な女性が好みなんだ……」

その言葉に嘘はない。

数多くの浮名を流していたために勘違いされているが、トーマスは純朴な癒し系タイプの女性が好きだ。ただ、そういう相手を遊びの対象にはしたくないので、一夜限りの相手にしたことはない。

ただ結婚は、いつか、自分好みの純朴で健げで気遣いができる……ついでに、商売の相談にものれる頭のいい女としようと考えていた。

「……旦那様。随分とお酒を召し上がりましたのね」

セーラの姿が二重に見える。グラグラと世界が回っていた。

しかし、杯を重ねてはいても、自分を見失うような酔い方をするほどは飲んでいないはずだ。

「酔ってなど……いない」

言葉に、咳が絡んだ。アルコールを飲んだ後に、夜風にさらされたせいかもしれない。

「旦那様。今宵の成果は、十分でございましょう」

不意に優しく手を握られた。

不覚にもトーマスの心臓が高鳴る。

白い絹ごしの指が、トーマスの手首を温かく包む。セーラが自分に触れるのは、初めてのことだ。

「……何、を？」

「帰りましょう」

静かだけれども、有無を言わせないような迫力でセーラが告げる。トーマスにはセーラの手から逃れる手段が見つからない。

そのまま、連行されるように夜会会場を出た。

トーマスは、自分を連れて先を歩くセーラの後ろ姿をぼんやりと見る。

夜会用のドレスに合わせて黒髪をアップにしているので、ほっそりとした首筋が剥き出しになっていた。肩も華奢で腰つきも細い。

きっと彼女とその家族は、この見事なプロポーションを保つ努力を重ねてきただろう。美貌を維持するには金がかかるものだ。

だが、トーマスは知らなかった。

セーラの身の細さは、貧しく栄養が足りなかっただけだったことを。

「――旦那様！　奥様！　お、お早いお帰りで！」

カリスフォード家の馬車の前では、青年が煙草を吸って待っていた。二人の姿を認めて、慌てて煙草を捨てて足で踏み消す。

帰宅の時刻まで、予定ではあと一時間ほどはあった。青年は顔に戸惑いを浮かべている。

その問いかけるような眼差しには答えず、トーマスは冷えた視線で地面に投げ捨てられた吸殻を見た。

待ち時間の煙草に目くじらを立てるつもりはないが、路上に捨てるのは品のある行為だと言い難い。それに今は、その匂いを嗅ぐのも嫌だ。

「あまり褒められた行動ではないぞ」

鞭のような声音でぴしゃりとトーマスが忠告すると、青年は身を縮めて謝罪した。

「も、申し訳ねぇです！」

「ゴミは拾っておけ」

セーラの手をさりげなく離し、トーマスは先に馬車に乗る。それからすぐにセーラに向けて手を差し出した。セーラも慣れた仕草で彼の手を取り、馬車に乗り込む。

鞭の音と馬のいななきが聞こえ、すぐに馬車が動き始めた。

セーラが心配そうな顔でトーマスをうかがう。

「旦那様。胸元を少し緩めたら、いかがでしょう？」

その優しい声に言われるまま、トーマスはゆるゆると首回りを緩める。首元が解放され、呼吸がしやすくなった。

ふぅと息を吐くと、そのまま横になってしまいたい衝動にかられる。

その誘惑に、なんとかトーマスは耐えた。

「屋敷に着くまで、お休みになられたら？」

「いや、いい」

セーラの声が妙に優しく感じるのは、彼女が何かやましいことを隠しているからなのか、などと、トーマスは馬鹿みたいなことを考える。

やましいことも何も、彼女に貞節を求めてはいない。トーマス自身も、彼女から自由に遊んで構わないと言われている。

自分に妻の行動を制限できる権利など、ありはしない。

「――旦那様？」

小さな窓から入る月光が、馬車の中を照らす。

普段は魔石の灯りをつけるのだが、今夜はそれをつけずに乗り込んでしまった。

月光にぼんやりと照らされた妻は、息を呑むほどに美しいのに、なぜか年相応のあどけなさを感じさせる。

彼女はこんなに無防備な少女だっただろうか。

「旦那様？」

いつもと同じ澄んだ声が、訝しげに問うてくる。

「だん……な、さま？」

気がつけば、見開いた黒い瞳が目の前にあった。唇に柔らかな感触が当たっている。

一秒、二秒、三秒。

トーマスは自分がセーラに口づけしていることを悟る。

我に返ったトーマスが謝罪の言葉を発する前に、悲鳴が夜空に響いた。

「きゃあああああああ！！！」

次の瞬間、頬をしこたま強くはたかれる。

トーマスが覚えているのは、それまでだった。

※　※　※

「旦那様に口づけを受けてしまいました……いや、婚儀を終えているのですから、そういうことがあってもしかるべきなのかもしれませんが……いやいや、わたくしはあの方とそういう関係になるつもりはなく……いやいやいや、そのうち、いつかはお世継ぎの問題とかが出てくるので、その時までに覚悟を決めようと……でもでも、あんな前触れもなく、いきなり、唐突に、唇を奪われるなんて……さすが旦那様……破廉恥漢（はれんちかん）……!!」

その夜、セーラは自室に誰も入らないように厳命した。ベッキーとロッテすら遠ざけて、一心不乱に手紙をしたためる。

相手は、エリザベート・ジェーン、内容は近況報告だ。

あれから数時間経（た）っているが、まだ衝撃が治まらない。

こんがらがりそうな思考を整理するために手紙を書いているものの、書けば書くほど支離滅裂になっていく。

セーラは手を止め、ふぅと息を吐いた。

「あぁ……」

勢いに任せて書いてしまった手紙は、便箋十枚にもなっている。その文面は、感情と一緒でひどく乱れていた。

改めて全文を読みなおしたセーラは、顔をしかめる。これは人に送っていいような代物ではない。

「そもそもあの人が、これを読むのはどうなのかしら……」

手紙を読んだ時の相手の顔を想像する。困ったような顔をするに決まっていた。

セーラは今書いた分を机の中にしまって、書き直すことにする。

エリザベート・ジェーンとの約束で、互いの身に起きたことは些細なことでも隠さずに報告することにしていた。とくにセーラは、カリスフォード家の様子を相手に知らせる義務がある。

それに、トーマスの昨夜の行動がどういった意味を持つのかまったくわからず、ぜひ、エリザベート・ジェーンの意見を聞いてみたかった。

きっと良いアドバイスを送ってくれるだろう。

「なぜ、いきなり旦那様は……？」

殿方というのは、別段恋した相手でなくとも口づけを交わせるものなのか。

「わたくしのことをどう思っているの？」

そして自分は、トーマスという男のことをどう思っているのだろう。

今まで深く考えてこなかった。

客観的に見て、トーマスは魅力的な男性だ。

整った容姿に均整の取れた肉体、冷静沈着な頭脳、大商会の代表でもある。多少、女遊びがすぎるという噂もあるけれど、それは自分が容認したことだ。

「彼を好きで結婚したわけではないから、夫の心が他の女性に向いていても、問題ない。そう、問題はないはずなのだ。

愛していないから、気にならないと思っていたのだわ」

「あの人の心は、わたくしのものではないのだし……」

夫であっても、彼は他人。本当の家族にはなれない。

セーラの両親は恋愛結婚だったらしく、未だに仲睦まじいが、自分たちは違う。利害だけで繋がった形だけの夫婦が家族になれるわけがない。

自分は金を求め、彼は地位を求めた。

なんとも打算しかない関係だ。

「――わたくしは」

どちらかと言えばセーラは、夫のトーマスよりも弟のカークのほうを好ましいと思っていた。

婚約中の手紙のやりとりは楽しく、直筆の文章の中の彼はいつも誠実でユーモアに溢れていた。

金銭の援助の件を抜いたとしても、彼とならば幸せな夫婦生活を望めるのではないかと思ってさえいたのだ。

多分セーラは、手紙の中の婚約者に友情に近い好意を抱いていた。

それなのに、カークはその婚約を放り出し、結果としてセーラは無理やりトーマスと結婚したのだ。

カークとの手紙のやりとりが唯一の恋愛めいたもの。その他の恋愛ごとは本の世界のものだった
セーラにとって、トーマスのような大人の恋愛事情は想像もつかない。

唇を合わせただけで心臓が潰れてしまいそうなくらいの羞恥を覚えているというのに、その先――肌を見せたり見せられたり、触れたり触れられたりするようなことをできるのだろうか？

なぜに好んで、そんなことをするのか理解ができない。

「そのうち本当に求められたら、どうしましょう」

セーラは深く息を吐く。覚悟を決めているつもりで、できていなかった。

昨日までは、トーマスが自分にまったく興味を持っていないようなので、子作りの件について数年は避けて通れそうだとたかをくくっていたのだ。

もしも万が一、何かの間違いでトーマスが突然悪食になり、自分に手を伸ばしてきたら……

「……やっぱり、怖い」

自分を犠牲にしても領地を救うのだ、と意気込んで嫁ぎはしたのだが、いざとなると、やはり怖いものは怖いのだ。

どうにか、本当の覚悟が決まるまで待ってくれというのがセーラの本音だった。

（それにしても……）

セーラは机に突っ伏しながら、同じことをぐるぐると考えてしまう頭を切り替える。

今夜のトーマスは様子がおかしかった。

ここのところミラーノは気温が下がり空気も乾燥しているので、トーマスの様子は気にかけていた。というのも、こんな気候の時は体調を崩しやすいのだと、ある人から教えられていたのだ。

ただ、夜会での自分の役目を果たさなければならなかったので、傍を離れざるを得ない時間がちょくちょくあった。どうやらその間に彼は酒を飲みすぎてしまったようだ。さらに夜風で体調を崩しかけているみたいだったので、セーラは即座に屋敷に帰るという選択をした。

それでも、少し気づくのが遅かったらしい。

普段、精力的に活動をしているので最初は信じられなかったが、セーラの夫であるトーマスは持病を持っている。当人が周囲の人間にそれを隠したがっているので、セーラは知らないフリをしていた。

おそらく、屋敷内で知っているのはトーマスの第一秘書のアーノルドと、メイド長のミンティー、それから住み込みの医師、そして今は屋敷を出ている弟のカークだけだろう。

「――わたくしは、あの方の役に立てているかしら?」

彼に望まぬ結婚を強いたお詫びにと、セーラは夫の望むままに行動し、夜会でできる限りのパイプ作りに勤しんでいる。

カリスフォード商会の商品をそれとなく売り込み、おかげで売り上げは上々だと聞いてはいるけれど、それでもトーマスとカリスフォード家には返しても返しきれない莫大な恩義がある。

故郷から送られてきた手紙には、ホワイト領が持ち直しているという嬉しい知らせが書かれていた。今年の冬は燃料に困ることはなく、領民が寒さに震えることはなさそうだという。

その手紙を読んだ時、セーラは自分たちを救ってくれたトーマスたちに涙を流して感謝をしたものだ。

「……」

セーラは、トーマスに対する感謝の気持ちを思い出し、再び顔を上げた。

自分は、トーマスのためになることならば、なんでもしようと決めたではないか。

もしも、トーマスが自分との間に子供を欲しがっているのであれば、それに応えよう。いつ何時でも、立派な淑女として対応しようではないか。

それが、嫁いだ女の大きな役割の一つなのだ。

ただやっぱり不思議なのは、自分のような田舎からやってきたつまらない女に、トーマスのような遊び慣れた都会の男が、その気になるのかということである。

先ほどのことは、何かの事故、または酔いで誰かと間違えたとも考えられた。つい頬を叩き飛ばしたせいで、ことの真相はわからぬままだ。

セーラは立ち上がり、ドレッサーの前に移動した。大きな鏡に映るのは、見慣れた自分のどうということはない姿である。

両親や兄姉たちは麗しい容姿をしているが、自分は目つきが極端に悪く、彼らに比べたら大したことはない。化粧を施し、美しいドレスと宝飾品で誤魔化せばそれなりに見られるが、それだけだ。

鏡に映る自分にセーラはため息をついた。

落ち込んだついでに、実家から持ち出してきた一番のお気に入りのドレスをクローゼットから引っ張り出す。

それは今よりほんの少し幼い頃に買った唯一のものだ。桃色の生地に、ふんだんに使われたレースとリボンが可愛らしく、セーラの少女らしい魅力を最大限に引き出してくれる……はずだった。

見かけによらず少女趣味のセーラは、数年間貯めに貯めたお小遣いで喜々としてこのドレスを買ったのだが、死ぬほど似合わなかったのだ。

想像の中では、それなりに着こなせていたものの、実際に身にまとうと笑いさえ起きないほどチグハグしている。

あの時ほど、自分の容姿に絶望したことはない。

ことさら自分の容姿を不出来だと思ったことはないけれど、自身の好みからは程遠い容姿をしているのは間違いないと自覚した。

そのように身に着けることができないものだが、未練がましくも嫁入り先にまで持ってきてしまう。

あれから身長も伸び、今では物理的にも着ることはできない。

苦い思い出の残る桃色のドレスを合わせたまま、セーラは鏡を見る。

相変わらず、絶望的に似合わない。

どうして、もっと愛らしい容姿に生まれなかったのだと、セーラは嘆(なげ)いた。

美しくなくてもいい。

せめて、もっと少女らしい容貌（ようぼう）をしていれば……

「――あの子みたいに」

不意に、トーマスの遠縁だという愛くるしい少女、ラヴィの可憐（かれん）な姿が脳裏に浮かんだ。

あの夢の世界から抜け出したような可愛らしい美少女ならば、このドレスを着こなせるだろう。

背丈的にもちょうどいい。

セーラは鏡越しにドレスをジッと見つめ続けた。

試着程度にしか袖を通したことのない、可哀想なドレス。自分の手元に来たばかりに、誰にもお披露目（ひろめ）されず……

これは自分の手元に置くのではなく、きちんと着こなしてくれる相手へ届けてあげたほうが、よいのではないか。

そう考えたものの、結局セーラはドレスを元の場所へ戻した。

着られなくても、大切な宝物を簡単に手放すことなどできそうにない。

「そうだわ。ベッキーかロッテに、どうかしら？」

両方とも可愛らしい娘だ。頭の中で想像してみる。

けれど、どちらも自分のドレスは似合いそうになかった。ベッキーには萌黄色（もえぎいろ）、ロッテには空色が似合う。

それに、理由もなく特定の使用人だけに過度な贈り物をすることが褒（ほ）められた行為ではないと、セーラも知っていた。

セーラは再び筆をとるために机へ向かう。

今度こそ冷静に最後まで書き終えたセーラは、蝋で封をする。

それを見計らっていたかのように、タイミングよく扉をノックする音が響いた。部屋に誰も来ないよう頼んでいたことも忘れ、ベッキーかロッテだと思ったセーラは気軽に返事をする。

「どうぞ」

顔を覗かせたのは、夫であるトーマスだった。

「だ、旦那様!?」

セーラは慌てて手紙を机の中に隠し、トーマスを出迎える。

彼は就寝用の衣類に着替えていた。それは、セーラも同じなのだが、二人ともそれぞれの寝間着姿を見るのは初めてだ。

トーマスは気のせいか少々緊張した表情で言った。

「……少し、いいか?」

「は、はい。どうぞ」

屋敷の主人であり夫であるトーマスを拒絶するわけにはいかない。

けれど、セーラの頭の中では、馬車での一件がチラついていた。トーマスの顔をマトモに見ることができないまま、彼を招き入れる。

とりあえず、お茶飲み用のテーブルにトーマスを促した。お茶の用意をしようとすると、トーマスに制される。

「別に何もいらない」

「そうですか。……あの、このような深い時間にどのようなご用件で？」

そう尋ねると、トーマスはしばし逡巡し、口角をわずかに上げた。それは自嘲に近いものだった。

そして、彼はたっぷりと深い息を吐く。

「……確かに、今までの我々の関係を考えれば、これ以上にないほど不自然な訪問だな」

トーマスの意図が掴めず、セーラは眉間に皺を作る。

「ええ。旦那様がわたくしの部屋を訪ねてくるなど、数える程度もなかったことですもの。しかもこのような時間帯ですし……。何か火急の用がおありなのではなくて？」

わずかに咎めるような口調になってしまう。けれど、突然のことに戸惑っているのだ。それくらいは許してほしい。

トーマスは小さく笑った。

「そうだな。我々は、ごく一般的な夫婦とはまるで違う。間にあるのは、愛情ではなく利害関係だけだ。あなたが求めるものを俺が与えた、その見返りに俺が望んだものをあなたが与えてくれる。その事実は揺らぎようがない」

「そうですわね」

「それは重々承知している上で、俺は――」

トーマスはそこで一度言葉を切り、射抜くような強い瞳をセーラへ向けた。

セーラの胸がドキリと鳴る。それが恐怖によるものか、それともまったく違う感情からなのかはわからない。

「あなたを、今よりももっと……知りたいと思う」

トーマスの瞳に、セーラが映っている。真摯な眼差しだ。

彼の様子からは、先ほどまでの酔いは残っていないように見えた。

セーラは、こくんと唾を呑む。

「知りたい？」

「ああ、あなたを知りたい。同じように、あなたにも俺を知ってほしい。それに俺は多分、自覚している以上に……あなたに触れたいと……思っているらしい」

トーマスの頬がわずかに赤らんだ。その反応に、セーラの頬は彼以上に熱を持つ。いつも表情を隠してくれる扇子は、今は手元にない。

「あなたの、そのような表情を見るのは初めてだ」

「……わたくしとて、旦那様のそういう顔を見るのは、初めてですわ」

トーマスは嬉しそうに笑う。

セーラは笑うトーマスを見返しながら、大いに戸惑っていた。

(今夜はなんだか……本当にいつもと何もかもが違うような気がする)

口づけしかり、部屋にトーマスが訪ねてきたことしかり。今までにないほど自分に心を許しているように思えるトーマスの態度を、どう受け取ればいいのか。

けれども不思議なことに、嫌な気持ちではない。

それどころか、どことなくくすぐったく、心がじんわりと温かい。

セーラは、もじもじと身体を動かした。

「……今宵の旦那様は、いつもとだいぶ印象が違いますわ」

「それは、俺とて同じだよ」

先ほどと同じような言葉を、互いの立場を代えて返される。

しばらくして、トーマスは意を決したように頭を下げた。

「あなたの唇に勝手に触れた無礼を、許していただきたい」

その言葉に、セーラはビクッと大きく震えた。

(今ここで、その話題を切り出すー!?)

内心で突っ込みを入れつつも、どうにか表面上は下手くそな笑みを浮かべる。

「えっ、……ええ。わ、わたくしたちは、ふふふふふ夫婦ですから、……その、あの、口づけの一つや二つ、どどどどどどうってことはありませんわ！　誰にでも気の迷いは——」

これ以上にないほど動揺しながらも、どうにか気にしていないと言ってやった。淑女としての余裕を持てたかどうかは、甚だ怪しい。

トーマスが、蠱惑的なその笑みをますます深める。

「勝手にしたことは謝るけれど……俺はこの先も同じようにあなたに触れるかもしれない」

「えっ!?」

(なんですって!?)

「あなたでもそんな顔をするのだな」

唇に手を当てて笑いを噛み殺すトーマスに、セーラは頬を赤く染めた。

「笑うなんて、ひどいですわ……」

「ああ、すまない。あまりにあなたが愛らしいから」

それは自然に告げられた言葉だった。

セーラは目を瞬かせ、口にしたトーマス自身も、自分の発言に驚いたような顔をしている。

二人は互いに口を閉じ、しばらく沈黙した。

コホンと咳払いで気まずい静寂を破ったのは、トーマスのほうだ。

「そういえば先日、街でラヴィに会ったそうだな」

「ラヴィ？　ええ。確かに会いましたわ」

セーラは、先日孤児院の周辺でラヴィと出会ったことを思い出す。彼女に踏まれた足は、しばらく痛かった。

「あなたから、とても強い叱責を受けたと聞いたのだが……それは、本当だろうか」

トーマスがラヴィから聞いたという話をした。

セーラはそれを聞いて吐息を落とす。

叱責と呼ぶほど強い物言いをしたつもりはない。むしろ、彼女を宥めるのに苦労した。

もし本気でそう思っているのであれば、あの少女はもう少し精神を鍛える必要があるのではないか？

「そのようなつもりはなかったのですが……誤解を与えてしまったのであれば、わたくしの不徳のいたすところでしょう」

「事実かどうか、という意味では？」

「わたくし自身の見解としては、事実ではないと申し上げます」

そんなつもりがなかったことは、一緒にいたベッキーとロッテが証明してくれる。そういう自信があるので、セーラははっきりと否定できた。

トーマスはその答えに頷く。

「そうか。ならば、ラヴィの勘違いだろう」

「……わたくしの言い分を、信じてくださいますの？」

「俺はあなたのことをほとんど知らないけれども、あなたがこういった時に嘘や誤魔化しを言う人ではないと思っている」

「そうですか……」

トーマスからもらった言葉は、セーラの胸に響き、わずかな喜びを与えてくれた。

同時に、自分が思っていた以上に、夫に認めてもらいたいと欲していたのかと、驚く。

「ラヴィと会ったのは、孤児院の前なのですわ。あの区域はあまり治安がよろしくありませんから、それで怖かったせいもあるかもしれませんわね」

セーラはすでに慣れきってしまっているが、あの辺りの雰囲気は決して良いとは言えない。

「孤児院か。なるほど。箱入りのラヴィが、危険だと必要以上に神経過敏になるのは無理もないかもしれないな。……ところで、孤児院といえば、その後はどうだい？」

トーマスは、セーラの「お手伝い」がうまくいっているのか尋ねた。

「つつがなく……とは言い難くはありますが、どうにかこうにか、やっておりますわ」

絶好の機会に、セーラはよく考えながら答える。

モイトレの栽培で食料事情は改善された。子供たちも、以前よりはのびのびと生活をしている。

「ただ――」

セーラは一度口ごもると、一呼吸置いて続けた。

「院長の代理を務めているコルトという人物のやりようには、大いに疑問を持たざるを得ません」

彼女は、最初に顔を合わせた時からあの男に良い感情を持つことができなかった。それは、悪化の一途を辿るばかりだ。

「コルトか。……あの男はウチの遠い親戚筋の人間で、まあ、一番暇そうなやつを選んだのだが。それほどまでに駄目か？」

「彼が善意ある有能な人物であったならば、わたくしがこれほど孤児院に足を運ぶことはなかったでしょう」

使えない駄目人間だからどうにかしろ、とセーラはニッコリと微笑んでトーマスに伝える。

トーマスは短い時間思案したけれど、すぐに頷く。

「考えておこう」

そこで、その夜の話は終わった。

部屋を出ていくトーマスを見送ったあと、セーラはふと考える。

今宵のトーマスの訪問の目的は結局なんだったのだろう。

考えながら、眠りにつく。

その日の夜はいつも以上に、穏やかな眠りにつくセーラだった。


人間とは、とかく贅沢な生き物だ。ある程度満たされた環境に置かれ続けると、その環境に身体も精神も慣れてしまい、より良い生活を望む。

セーラは今、訪ねていった孤児院で、子供たちから文句を言われていた。

「……ねーちゃん、モイトレ……か、今日も」

「甘くて美味しいんだけど……ね」

「美味しいけど……飽きた……」

「美味しい……美味しいんだよ？」

貧しい土地でも元気に育つモイトレが、孤児院の子たちの主食になって久しい。

最初は茹でたそれを食べ、次は焼いたものを食べ、時には蒸したりもした。それでも、バリエーションに乏しいだろうと、セーラはバターと卵、自腹で買ったミルクをモイトレに混ぜ、オーブンで焼いたお菓子も作った。

けれど、最初は喜んで食べていた子供たちも、来る日も来る日も出されるモイトレに、とうとう飽きてしまったらしい。

「……いや、贅沢は言っちゃいけねえとわかってるんだけどな」

モゴモゴと口を動かしながら、ジャックが言いにくそうに言う。身体つきは以前と比べ、格段にふっくらと健康的になりつつある。

「そろそろ他の食料を手にする算段をつけなければいけないわね」

セーラが呟くと、孤児院で一番年長の少女がぽつりと零した。

「……直談判しに行った時、あの人お肉食べてたよ？」

何か新しい食材を買ってくれと頼む少女の前で、コルトは、外部から買い込んできたらしい肉汁たっぷりのステーキを、新鮮な生野菜のサラダとふかふかのパン、ミルクたっぷりのスープとともに、むしゃむしゃと食べていたという。

彼曰く、「大人と子供では食べるものが違うのは当然！」だとか。

到底、納得ができる話ではない。

「お肉食べたいよぉ……」

「チョコレートが食べたいよぉ」

「……モイトレが夢に出てくるよぉ」

子供たちはシクシクと泣きながら、それでも腹の飢えをモイトレで満たす。

セーラは、いよいよ計画を実行に移す時だと決意した。早々に屋敷に戻り、メイド長のミンティーにトーマスは帰宅しているか尋ねる。

ところがミンティーは、木で鼻をくくったような態度で答えた。

「旦那様はお帰りですが、何かご用件でも？」

「少し話がしたいの」

セーラは相変わらずのメイド長にイラッとしながらも、それを抑えて取り次ぎを頼む。

孤児院に関することは一任されているけれど、後でコルトからの横やりが入らないように、トーマスにも許可を得ておこうと考えていた。

先日、コルトの処遇を検討する旨の言質はとったが、今のところ夫に何かしらのアクションはない。

（旦那様にも何かお考えがあるのだとは思うけれど……）

あの一夜を境に、トーマスは何かとセーラへ歩み寄る姿勢を見せていた。

時間があればともにお茶を飲み、一緒に食事をとることもある。

さすが、トーマスは働き盛りの男性なので、彼と一緒の食卓はいつにも増して豪勢なものになり、初めてそれを見た時は驚いたものだ。

そんなふうにトーマスから距離を縮めようとしてくれているのであれば、セーラとて拒むつもりは毛頭ない。

セーラもまた、あの夜以来、彼との距離を縮めたいと思い始めているのだ。

トーマスに聞く仕事の話は楽しいし、その手伝いも嫌いではない。それ以外の何げない話題でも、機知に富んだ彼との会話は実りのあるものだった。

それに最近、夫は夜の外出を控えているようだ。

もしかして本格的に体調が悪いのでは、と心配になり、彼の秘書アーノルドにそれとなく確認したが、至って健康だと言う。「すべては奥様への愛情の賜物です」などと、朗らかな笑顔を向けられ、柄にもなく舞い上がってしまった。

その言葉をすべて信じるわけではないが、夫の中で自分の存在が変わりつつあることだけは、セーラにもわかる。

だからきっと、コルトのことも有耶無耶にはしていないと信じている。

何よりも、一流の商人であるトーマスが「考えておこう」と口にしたのだ。必ず問題の解決に乗り出しているはずである。

それでもセーラは、彼のその「考え」の確認を取っておきたかった。

けれど、返ってきたのはミンティーの冷たい言葉だ。

「旦那様は非常にお忙しい方でございます。奥様はもう少し、ご自身の立場をお考えになったほうがよろしいのでは？」

もはや気のせいだと言えないほどの悪意を、セーラは感じた。負の感情に鈍いとはいえ、彼女は馬鹿ではない。

計画の許可を早く取りたいと気が急いていたこともあり、すっと目を細めた。

「立場を考えろとは、どういう物言いかしら？」

獲物を見定めたかのように、セーラの瞳は真っ直ぐにミンティーを貫く。その迫力に、ミンティーがたじろいだ。

「妻が夫に話をしたいのに遠慮しろなど、おかしなことを言うのね」

相手がその気ならば、セーラとて容赦してやるつもりはない。彼女に、自分が貴族の娘であるという自覚がないわけではないのだ。他者に対し、絶対的優位な立場にいることを忘れてはいなかった。

「ミンティー。お前は何か勘違いしているのではなくて？」

そう言って睨むと、ミンティーは青ざめ唇を震わせて、一歩二歩と、後退する。

「お前は誰で、わたくしは誰かしら？」

「……それは」

いつにないセーラの挑みかかるような口調に、ミンティーは口ごもった。何を言われても言い返しもしないセーラを遣り込めることなど、簡単だと思っていたのだろう。

「お前はいつから、わたくしに意見ができるほどの身分になったのかしら？」

「わ、わたくしは……わたくしは、この屋敷に長年勤め、旦那様たちの乳母も務めたのですよ」

「それが、なんだというの？」

挑発するように投げかけた言葉は、ミンティーの激しい怒りを買った。弾かれたように金切り声を上げる。

「この毒婦!!」

「――おや、こんなところで何をしておいでなのですか？」

聞くに堪えない言葉がミンティーの唇から出るのと同時に、のんびりとした男性の声が響いた。

その場にいたベッキーとロッテを含む全員の視線が、そちらへ集まる。

秘書のアーノルドが微笑んでいた。サッと、ミンティーの顔から血の気が引く。

「……あなたには関係のない話です。お下がりください」

魔物を見たかのような恐怖に凍てつく眼差しで、ミンティーはアーノルドを見る。彼女たちの力関係をセーラは知らないけれど、少なくともミンティーはアーノルドには遠慮があるらしい。

「そうはいきませんよ。廊下でメイド長が奥様と諍いを起こすなど、他の使用人たちに示しがつかないでしょう。それすらも、わからぬほどに耄碌なさったのですか、ミンティーメイド長」

「な！」

ミンティーは口をパクパクと動かした。

「年齢を重ねて醜くなりましたね。今のあなたは本当に、耐え難いほどに愚かだ。このカリスフォード家に勤めている仲間とは、とうてい思えない」

アーノルドの言葉はどこまでも辛辣だ。その物言いの激しさに、セーラは不安になってきた。

「あ、あの、ごめんなさい……アーノルド。わたくしも悪かったの」

確かにアーノルドの言う通り、屋敷内とはいえ使用人の目につく場所でミンティーとやり合うべきではなかった。彼女の意地悪な言い方にカチンときたのでつい言い返してしまったが、褒められたことではない。

そう謝罪するセーラに、アーノルドはその微笑みを向けた。

「いえ、奥様。落ち度があるのはメイド長です。あなたは一切悪くない」

そう言い切る。だが、セーラにはそう思えなかった。もう少し冷静になっていれば、今のような状況にはなっていない。

とにかくもういいのだとセーラはやめるように頼むが、彼は止まらなかった。

「ミンティーメイド長。どうやらあなたは、ご自分の立場を理解してらっしゃらないようだ」

「わ、わたくしは……」

セーラとミンティーの闘いだったはずが、いつの間にかミンティーとアーノルドとの争いになっている。

双方の顔色を見る限り、その勝敗の行方はすぐにわかった。

「あなたの素行を、何も知らない私だと思いなさるな」

凄みを感じるアーノルドの言葉に、ミンティーは強く動揺し、青ざめたまま踵を返した。

置いてきぼり感の否めないセーラは、アーノルドの涼しげな顔を呆然と見つめる。ちらっと後ろを確認すると、ベッキーとロッテは安堵した表情で胸を撫で下ろしていた。

「申し訳ありません、奥様。当家の使用人が、大変な無礼を……」

ミンティーに見せていた厳しい顔とは異なる、セーラが見慣れた穏やかな表情に戻ったアーノルドが腰を折る。

「あー……いえ。オキニナサラズニ」

セーラは呆然と返事をした。

「彼女の処分については、旦那様がなさるでしょう。私のほうから報告しておきます」

「ほ、報告？」

アーノルドの言葉に驚いて声を上げる。

確かに少し言い争ってしまったが、トーマスに報告しなければならないほどの大事だとは思えない。

「ちょっとした行き違いがあっただけよ？」

そう言うと、アーノルドが緩く首を横に振る。

「美しくも心優しい奥様。あの者の無礼は今日に始まったことではありますまい」

いや、出会った当初から多少慇懃無礼だっただけだ。少々愛想がないだけで何かしらの不利益をこうむったわけではない。

そう答えようとしたセーラを遮る声が、後ろから上がる。

「実は……！」

振り返ると、ベッキーが拳を握って訴えていた。堰を切ったように口を開く。

「アーノルド様に、ご報告したいことがございます！」

「どうかしましたか？」

アーノルドが、ベッキーに視線を向けた。

「ロッテ――わたくしも、でございます！」

ベッキーに続いて、ロッテも一歩前に出て必死な眼差しでアーノルドを見た。二対の眼差しの懸命さに、セーラは息を呑んだ。

「ベッキー？　ロッテ？」

訝しげに二人の名を呼ぶも、返事はない。

アーノルドが二人もつれてトーマスのもとへ行くようにと、セーラを促した。


「――それで、報告したいこととはなんだ？」

執務室ではなくトーマスの自室に、セーラとベッキー、それにロッテとアーノルドが揃っていた。

ここ最近この部屋で開かれていたいつもの気軽なお茶会の雰囲気と違い、妙な緊張感が室内を漂っている。

「とりあえず、お茶にしよう」

トーマスは四人に椅子を勧めた。

普段は使用人が主人の前で座るなど許されないだろうが、その主人からの命なので、ベッキーとロッテも恐る恐るという態度でテーブルにつく。

彼女たちの緊張が、セーラにまで伝わってきた。

すぐにアーノルドが、ベッキーに代わってお茶を用意し、全員に配る。

「あの……」

ベッキーは恐縮しきりで、言葉も出なくなっている。

おそらく、ベッキーたちはアーノルドになんらかの報告をして、それをトーマスへ伝えてほしかったに違いない。まさか、屋敷の主人と同じテーブルにつき、直接報告をしなければならなくなるとは思いもしなかっただろう。

「別にとって食おうというわけではない。気楽に、話したいことを口にすればいい」

穏やかな声音で、トーマスが話を促した。それでも、ベッキーたちはガチガチに緊張し、お茶に手をつけないでいる。

セーラは、二人が何を報告したいのか知らないので、口を挟めずにいた。状況を大人しく見守ることしかできない。

だが、状況によっては、女主人として彼女たちの味方になるつもりだ。

なかなか話を切り出さないベッキーとロッテに、トーマスとアーノルドは互いに顔を見合わせて、肩をすくめる。

セーラは動作こそはしなかったが、同じ気持ちだった。

このままにしていても仕方がないとでも思ったのか、トーマスが先に口を開く。

「君たちはここ最近入ってきた子たちだね。名前は確か――」

「……レベッカ・ホーデンです」

「ロティーシャ・モリガです……」

緊張した顔で、二人は自分の名前を告げる。普段は愛称でしか呼ばないが、レベッカ・ホーデンというのがベッキー、ロティーシャ・モリガというのがロッテのフルネームだ。

なんだかそう名乗られると別人みたいだなとセーラはのん気に思った。

身を小さくしているベッキーたちには悪いが、二人とともにお茶を飲める機会が得られて、セーラは少しだけ嬉しい。

「それで、レベッカとロティーシャは、何を報告したいのかな？」

再度トーマスに尋ねられ、ベッキーはようやく心が定まったようだ。ごくりと唾を呑んでから話し始める。

「――じ、実は……ミンティーメイド長のことなのです」

「ミンティーの？」

上がった名前にトーマスは目を丸くするが、アーノルドは笑みを浮かべた。

セーラもどちらかというとトーマスと同じで、ミンティーに何かあるのかしらと首をかしげる。

先ほどの言い争いのことであれば、アーノルドが報告すると言っている。彼女たちが訴えたいことは、それとは別だ。

もしかしたら、彼女たちはミンティーに苛められていたのかもしれない。

セーラは何かあったらすぐにでもベッキーの味方になれるよう、身構えた。

そんなセーラの心を知ってか知らずか、ベッキーは先ほどより幾分しっかりした声になる。

「はい。旦那様。わたくしとロッテは、奥様付きのメイドとして選ばれました。それはすべて、ミンティーメイド長が決めたことだと伺っています……間違いはございませんか？」

「ん？　ああ。確かに、セーラへ付ける使用人の采配はミンティーに任せていたけれど……それが何か？」

ミンティーがベッキーとロッテを選んだとは、セーラには初耳だ。

（なんていい仕事をするの！）

セーラは今すぐミンティーを捜し出して、頬に口づけをしたい気分になった。今まで彼女にはあまりいい感情を持てなかったが、一気にその印象が良いものに変わる。

ベッキーとロッテほど、健気で可愛いメイドがいるだろうか。いや、いない。ウチのメイドたちは最高に愛らしい。

ベッキーたちの醸し出している重苦しい空気をまるっと無視して、セーラは喜びに震えた。その間もベッキーの質問は続いている。

「――なぜ、私たちだったのでしょうか？」

「……よく、意味がわからないな」

「私は、他のメイドたちと比べてまだ若輩です。旦那様の奥方になられる……尊き血に連なるお方をお世話するには、経験が足りません。それは、メイド見習いのロッテも同じことです。それなのにどうしてわたしたちのような下賤の者が、奥様のように立派な方のお世話係として任命されたのでしょう？」

「……ふむ」

トーマスが観察するようにベッキーとロッテを見た。

言われてみれば、十代半ばの少女とようやく十歳を越えた幼い娘の二人。違和感のある組み合わせである。

（可愛いんだからいいじゃない）

とくに人から世話をされる必要のないセーラは、本気でそう思っていた。

「レベッカ・ホーデンは約一年、ロティーシャ・モリガはまだ数ヶ月しか、この屋敷で働いておりませんね」

屋敷の使用人の管理もしているらしいアーノルドが口を挟む。

「……私たちのような未熟な者のご奉仕では、さぞかし奥様もご不便されたことでしょう」

「そんなことはないわ！」

ひとまず黙って聞いていたセーラだが、聞き逃すことができない言葉に声を上げる。

「絶対に、そんなことない!!」

セーラはベッキーを見て、それからロッテを見る。黒い瞳で真っ直ぐに二人を貫いた。

泣き出しそうな少女たちの顔が目に映る。

「我が妻は、君たちに不満はないようだが？」

トーマスが視線をセーラへ移動させた。

「彼女たちに何か一つでも不満はあるかい、セーラ？」

「まったくございませんわ、旦那様。彼女たちの代わりに経験豊富なメイドを手配すると言われても、お断りします。わたくしは、彼女たちがいいのです」

セーラはきっぱりと言い切った。自分とともに、全身土まみれになりながら畑作業をしてくれるメイドなど、彼女たちの他にいない。

「奥様……！」

「奥様ぁ……」

うるりと、ベッキーたちの瞳が涙で潤んだ。

素直な気持ちを述べただけなのに、泣かせてしまった。

セーラは、何か自分の物言いが冷たかったのかと、心配になる。

「どうしたの、二人とも？　何か悪いことを言ったかしら？」

「いえ、いいえ！　とんでもございません！」

ベッキーがエプロンからハンカチを取り出し、目元を押さえた。ロッテも鼻をグスグスとすすっている。

見れば、トーマスとアーノルドも、とても温かな目をしていた。セーラはほっとして、ひとしきり少女たちを慰める。

少し落ち着いたところで、再びベッキーが口を開いた。

「話を中断してしまい、申し訳ありません……」

「いや、気にしないでくれ。それでは、続きを聞いてもいいかな？」

「はい」

ベッキーは赤くなった目のまま顔を上げて話し始めた。そして、彼女の口から告げられた言葉は、セーラにとって予想だにしないものだった。

「ミンティーメイド長は旦那様に隠れて、奥様を冷遇なさっているのです」

（なんですって？）

「なんだって？」

心の声が、トーマスとかぶる。

多少、きつい物言いをされているとは感じていたが、冷遇とは穏やかでない。

「……初めはそう、奥様のお食事でした」

（食事？）

セーラは頭上に、思い切り大きなクエスチョンマークを浮かべた。

毎日、美味しくいただいている栄養たっぷりの食事に、なんの問題があったのだろうか。肉も魚も野菜もパンも、時におやつまで付いて、おまけに飲物は飲み放題という待遇の良さだ。

朝からふかふかのパンと具のあるスープが口にできる幸福の、どこにも駄目なところはない。

確かに、トーマスとともに食事をとる際はさらに豪華であったが、それは彼が屋敷の主人であり働き盛りの男性だからこそとセーラは認識していた。

「旦那様は知っておいでですか？　奥様の口になさっているお食事は常に、通常よりも品数も量も少ないものなのでございます」

（なんですって⁉）

「なんだって？」

再び、トーマスの言葉と心の声がリンクしてしまった。

セーラにとっては十分すぎるあの贅沢な食事が、ベッキーによると品数も量も少ないらしい。

初めて知った事実に、セーラは愕然とした。硬直するセーラを気遣うように、ロッテが寄り添ってくれる。

「旦那様のご指示ということは……？」

ありませんよねという言葉を、さすがにベッキーは口に出さなかった。

「いや、まさか。そんな馬鹿げた真似を、俺が許すわけがない」

信じられないことだと、トーマスは首を横に振る。彼にすれば、ミンティーの行動は自身への裏切り行為に等しいと感じているのだろう。

ベッキーは沈痛な面持ちで、言葉を続けた。

「他にも、細かなことなのですが……ミンティーメイド長がなさったことを挙げれば、キリがないのです」

うんうん、と。ロッテも首を大きく縦に振っている。

セーラは明かされた事実に、内心で大きく動揺していた。そこまでミンティーにされていたのかということもそうだが、やはり一番は、あの食事の内容が「嫌がらせ」レベルのものだったということである。

この屋敷に住むようになってから口にしたものはすべて、故郷で食べていたものとは比べものにならないほどに豪華なのだ。

薄々気づいてはいたが、生家の食事はやはり貧しすぎるのだろう……

身体が小刻みに震えてしまうのは、「なんてひどいことを……」ではなく、「アレで質素なの!?」という気持ちからである。

（さすが金持ち。スケールが違う）

貧乏貴族育ちのセーラは、そう思った。そこに、アーノルドの同情に耐えないという雰囲気の言葉が聞こえる。

「なるほど、それはおいたわしいことだ。だというのに、奥様は健気にもミンティーメイド長の仕打ちに耐えていらっしゃったのですね……なんと、いじらしい」

（え？）

気づけば、アーノルドの慈愛に満ちた瞳が向けられている。続いて、トーマスの苦しげな視線も。

「え？」

その場にいる全員の視線が、セーラへ集中していた。

（やわらかいパンとスープさえあれば、上等な食事なんですのよ！）

そう声を大にして言いたいのだが、そんな空気ではない。

セーラは、大人しく、お口にチャックをして微笑む。

こういう時は余計なことを言わないのが吉なのだ。

「……わ、わたくし、気に留めておりませんわ」

オホホホと、貴族としてのなけなしの矜持でセーラは笑う。いつもの扇子で顔の半分以上を隠したのは、居心地が悪いからだ。

トーマスはきゅっと眉根を寄せる。

「……あなたには大変申し訳ないことをしてしまった……しかし、なぜにミンティーがそのような真似を……」

「大方、旦那様を取られた嫉妬でしょう。ばあさんの妄執とは、実に見苦しい」

とてもひどい言葉がアーノルドの唇から洩れた気がする。

思わず彼を見ると、爽やかな笑顔が返ってきた。

「あれは昔から、旦那様と弟君のカーク様を偏愛しておりましたから。伴侶ができたことで、タガが外れてしまったのでしょう」

そう告げられたセーラは、驚きに目を見開く。

「まさか、そんなことはないだろう」

トーマスは頬をひくつかせるように笑いながら、お茶の入ったカップを手に取る。

セーラも混乱する頭を一旦、落ち着かせようとお茶を飲むことにした。なんと言って良いのかわからず、口を閉ざす。

けれど、アーノルドは容赦なくトーマスを責める。

「旦那様は、数多くの浮名を流しているわりには、人の心の機微に疎いのです。そんなふうですから、ご自分がなぜ奥様に口づけをなさったのかわからない、朴念仁になられてしまったのですよ」

「ぶー!!」

落ち着こうと飲んだお茶が、ほぼ同じタイミングで二人の口から飛び出た。

「きゃあ！　奥様！」

「旦那様もぉ！」

ベッキーとロッテが素早く汚れたテーブルを拭く。二人は本当によくできたメイドである。

それにしても、まさかここで、アーノルドから例の口づけ事件の話が出てくるとは思わなかった。

夫との距離を縮めようと決意だけはしたものの、とりあえず事件自体はなかったことにしていたセーラは、頬と目元を赤く染め、トーマスから視線を逸らす。

けれど、やはり気になって視線を彼に向けた瞬間、二人の目はバッチリと合ってしまった。トーマスもまた、なんとも言えない微妙な表情を作っている。

目の前で赤く熟した実が弾け飛んだようだ。

「……わかった。とりあえず、ミンティーについては、早急に処分を考える」

トーマスが焦ったようにそう言い、強引に話を締めようとする。ところが、アーノルドがそれを許してくれなかった。

「そうですか。――ところで、奥様は旦那様に何かご相談事があるそうですね」

「えっ⁉」

突然の話題転換にセーラは驚く。

確かにミンティーにトーマスに話したいことがあると伝えていたが、アーノルドは知らないはずだ。まさか、彼はあの場に最初からいたということだろうか。

ありそうで怖い。

「私たちは席を外しましょう」

アーノルドが、ベッキーとロッテを連れて部屋を出ていく。残されたのは、恥ずかしい記憶を思い出して気まずくなった夫婦だけだ。

しばらく二人は目も合わせられず、部屋には沈黙が流れる。けれど、それは決して冷えた静寂ではなかった。

しどろもどろになりながらも、なぜかセーラは温かい気持ちで孤児院の問題を説明し始めた。

孤児院の食料事情から入り、今現在、孤児院でモイトレというミラーノでは珍しいホワイト領の特産品を栽培していることを伝える。

トーマスからまず返ってきたのは、院長代理をしているコルトについてだった。

「院長代理をしている男について、こちらでも調べてみた。彼とは面識があるわけではなくてね、院長が病に伏した直後に、手が空いているからと自ら立候補してきたんだ」

コルトはラヴィの叔父になるらしい。

「ウチからの支援は、以前と変わらず行っていることになっていた。子供たちが飢えで苦しい思いをするのは、俺とて望んでいない」

院長が管理をしていた時は、その運営資金で食料が足りなかったり衛生面が悪くなったりすることはなかったそうだ。

「わたくしが見る限り、孤児院内部の設備品も足りない状態のようでしたわ。食料だけではなく」

「あぁ、そこまで……」

トーマスは呻き、すぐに孤児院の内部調査を行う指示を出した。

すでに彼が行ったコルトの身辺調査でも、カリスフォード商会からの金を自分の懐に入れているらしいことがわかっている。あとは、確実な証拠を固めるだけだという。

セーラは、トーマスがコルトの調査を進めてくれていたことに安堵(あんど)し、いよいよ本題に入った。

「旦那様。せっかくですので、子供たちに自分でお金を稼ぐ手段を教授したいと考えているのですが、いかがでしょうか？」

孤児院の中にいる間はカリスフォード家の力で守られるが、いずれ彼らは巣立つ。その時のために、今から手に職を持たせたいとセーラは提案した。

ミラーノに流通していないモイトレを菓子にして売るのだ。

「ふぅん？　そのモイトレというのは、商売になりそうなのかな？」

「十分に戦えると思いますわ」

セーラはベッキーを再び呼び出し、モイトレとそのモイトレで作った焼き菓子を持ってこさせた。

トーマスに差し出すと、彼はそれを興味深げに眺め口に運ぶ。

「驚くほど甘いな。食感も、悪くない。こちらの菓子も、なるほど。うまいものだ」

味をしっかりと確かめながら食したトーマスが、判断をくだす。

「これなら大丈夫だな。やってみろ」

こうしてセーラは、無事トーマスからモイトレ販売の許可をもらったのだった。

翌日、早速孤児院を訪ねたセーラは、台所に子供たちを集めた。

「ちょっとそこどいてー!!」

「バター！　砂糖！　ミルクに卵は用意できたよー!!」

「熱いー！　でも、がんばるー!!」

「ほら、もっと混ぜなきゃ!!」

「こらてめぇ！　味見の量が多いんだよ!!　商品だっつーの!!」

各々、できることに合わせた作業を割り振ると、てんやわんやの大騒ぎとなる。

収獲した大量のモイトレを他の材料と混ぜ合わせ、小さく丸めてオーブンで焼き上げる。それが、この孤児院ですっかり馴染みになっているモイトレ菓子の作り方だ。

今日からはそれを商品として販売する。

「しかし、俺たちが商売を始めるとはなぁ」

焼き上がった菓子を籠に入れながら、しみじみとジャックが呟いた。他の子供たちは、大はしゃぎで楽しそうだ。

「まずは、今日が初日。用意した分が全部売れるといいわね」

モイトレはともかく、他の材料はそれなりの材料費がかかっている。無駄にしたくなかった。

全員で気合を入れてモイトレ菓子を詰めた籠を持ち、大通りへ出る。

孤児院の周囲はあまり人気がないので、そこで販売しても客が見込めないと考えたのだ。

「お嬢様ぁー!!」

通りの一角に、大きく手を振っているベッキーとロッテの姿が見えた。彼女たちは販売場所を確保してくれていたのだ。

即席の屋台を作り、その前に白いテーブルクロスをかけたテーブルを並べている。セーラたちがモイトレ菓子を詰め込んだ籠(かご)を屋台に並べて、販売所はできあがった。

「割といい場所だけど、誰かに許可を得なくてもいいのかしら？」

セーラは今更大事なことに気づき、首をかしげる。

孤児院の子たちの労働許可を得ることばかりを考えていたあまり、肝心な土地のことを失念していたのだ。

すると、ベッキーがにっこり笑って答える。

「この辺り一帯はすべてカリスフォード商会が権利を持っています。ですから、何も問題はありません」

「周囲のお店の人には、きちんとロッテたちが挨拶(あいさつ)をしていますのよぉ」

ロッテも自慢げな顔で続けた。

自分よりもよほどしっかりしているメイド二人に、セーラは頼もしさを覚えた。

心配事もなくなり、はりきって屋台に立つ。今日のセーラは町娘のような服にエプロンをつけていた。その格好で子供たちの販売の手伝いをするのだ。

今日の日に向けて、お金の計算について猛特訓を重ねてきた。その中でとくに計算力の優れた子が勘定係に抜擢(ばってき)されている。ジャックとエミリーがその筆頭だ。

セーラは、子供たちに励ましの声をかけた。

「じゃあ、お勘定係は金額を間違えないようにね」

「おうよ、任せとけ！」

「うん、がんばる」

そうして、すべての準備を終え、モイトレ菓子販売を始めた。

「甘くてほろほろ惜しい、モイトレ菓子だよぉー！」

「馬鹿！　惜しいじゃなくて、美味しいだ」

子供たちの元気な呼び声に、通りを歩いていた人々の注目が集まる。

しかし、モイトレという聞き慣れない材料で作られた見たことのない菓子を、買う人間はなかなか現れない。

子供たちが最初の元気を失いかけた頃、ようやく一人の紳士が屋台の前に立った。

「――一つもらおうか」

一人目の客に、子供たちは目を輝かせる。セーラもその客に目を向け、驚きで固まった。

後ろにアーノルドを連れた、トーマスその人だったのだ。

「毎度ありー！」

年に一度くらいしか顔を見ることがないせいか、子供たちは誰もその客が自分たちの孤児院を運営しているカリスフォード商会のトップだと気がつかない。

不意にトーマスがセーラに視線を向けた。屋敷内にいる時とはまるで違う装いに、困ったような、どこか照れたような複雑な表情を浮かべる。けれど、その後すぐに澄ました顔に戻り、菓子の代金を払った。

ジャックが愛想よく、トーマスに話しかける。

「今なら焼き立てっすから、超うまいですよ‼」

「これは、そのまま食べていいのかな？」

「はい！　男なら、こうがぶっと勢い良く！」

その大胆な説明に笑いながら、トーマスはその場でモイトレ菓子を食べた。彼はその味を予め知っていたはずなのに、初めて食べたかのようなリアクションをとってくれる。

「うまいな。今まで味わったことのない種類の甘味だ。食感もまた——」

「でしょう‼」

自分たちの商品を褒められて、子供たちはニコニコと笑顔を作った。

近くを歩いていた人や他の店を覗いていた人々の注目が、屋台に集まる。

有名人であるトーマスの顔をおそらく知っているのだろう。カリスフォード家の若き当主が絶賛する菓子に興味を示し始める。

トーマスのおかげで、モイトレ菓子への関心がぐっと高まった。根っからの商人であるトーマスは、その機を逃すようなことはしない。

「値段は？　……へえ、随分と安いな。子供でも買える値段だ」

「そりゃ、作ってるのが子供ばかりですからね！　ガキ、いや子供の財布にも優しいんです！」

「お土産に十もらおうか。屋敷には品のいい貴婦人もいるが、彼女にも豪快にかぶりついてもらったほうがいいのかな？」

チラッとトーマスの視線がセーラに向く。セーラは頬をわずかに火照らせた。いつも持っている扇子があれば、顔を隠していたところだ。

「いやいや、ご婦人には上品にナイフとフォークで」

「なるほど」

ジャックの受け答えに満足したように、トーマスは追加の商品代を渡す。トーマスとアーノルドはそれ以上余計なことを言わずに、立ち去った。

「……素敵な紳士たち」

小さくとも女の子。女児たちは頬を赤く染め、立ち去ったトーマスたちの後ろ姿をいつまでも眺めている。

けれど、すぐにそれどころではなくなった。

一気にモイトレ菓子が売れ始めたのだ。

「一つちょうだい」

「こっちは五つだ」

「なんだ、この甘さは！」

「……土産にはちょうどいいな」

「お茶に合いそうだわぁ」

用意していたモイトレ菓子は、次々に売れ、想定していた時間の半分程度で売り切れた。

――翌日も、その翌日も。

こうしてセーラの目論見通り、モイトレ菓子は連日売り切れの人気商品となったのだった。

その日、いつものようにモイトレ菓子の販売をしていた子供たちの中で、最初にそれに気づいたのはジャックだった。

「なんだ、あれ？」

訝しげな声を上げる。その声に反応して、セーラと他の子供たちはジャックの視線の先に顔を向けた。

知らない屋台が一つ立っている。セーラたちの屋台の斜め前に陣地を取り、商売の準備を始めていた。

そちらは孤児院の子供が用意したものの倍の大きさはあり、造りも立派だ。おまけに女性受けがいいようにか、華やかに飾り付けられている。

なかなかに金がかかっていることが一目でわかった。

「華やかですね……」

ベッキーが思わずといったふうに呟く。

セーラはその言葉に、こくりと頷いた。

この辺りでも見たことがないほど凝った造りだ。しかもスタッフは、人数も多く、全員顔立ちが整っている。舞台役者をやとったのではないかと思うレベルだ。

「というか、こちらの屋台が地味すぎるのではありませんの？」

ロッテが少しばかり気落ちしたように言う。

よそはよそと答えようとしていたセーラは、その華やかな屋台の中に見知った顔を見つけ、声を上げた。

「あれ？」

スタッフに比べて背丈の小さな少女――ラヴィが、あれこれと指示を出しているではないか。

相変わらず仕立ての良い衣服を身にまとい、頭の上から靴の先まで可愛らしい。

「まあ！」

セーラの視線にラヴィが気づき、にこやかに微笑みながらこちらへ近づいてきた。

「ご機嫌よう、お姉様」

「ご機嫌よう、ラヴィ」

ちょこんと挨拶されたので、同じようにセーラも返す。

最後にラヴィと会話をした時はあまりよい感情を持たれなかったようなのに、今日の彼女はご機嫌だ。

「あの屋台は、ラヴィのお店なの？」

「ええ、そうなんです。わたくしもお姉様の真似をしてお店を出してみようと思いましたの。厳選した素材をふんだんに使った、とっても美味しいお菓子ですのよ」

「あら、そちらもお菓子なのね」

「ええ。お姉様の扱う素朴なお菓子とはまた違った人気を得られると確信をしておりますわ」

そう言って、ラヴィは微笑んだ。

天使のような笑顔に、孤児院の子供たちはぽーっと見惚れる。愛くるしい彼女には、そこに立っているだけで他者を魅了する力があるようだ。

セーラも、相変わらず可愛いなぁと微笑ましく眺めていた。

「こちらのモイトレ菓子はいかが？」

近所に屋台を出すのならば味見でもしてみないかと、籠から一つ取ってみせる。すると、ラヴィの笑顔の種類が変わった。

「ごめんなさい、お姉様。ラヴィは、得体の知れないものを口にするとお腹を壊してしまうのです。ラヴィが口にできるのは、一流の素材で作られたものだけですのよ」

それは、明らかにセーラたちの売るモイトレ菓子を下に見た発言だった。ラヴィの愛くるしさに見惚れていた子供たちの顔が、一気に不機嫌なものになる。

ジャックのものらしい荒い舌打ちが聞こえた。

セーラはため息をつく。

「まあ……なんて、難儀な」

（高い素材でなければ口にできないだなんて、ホワイト領に来たら飢え死にしてしまうじゃない……）

セーラは割と真剣にラヴィのことが心配になる。

このミラーノだって、いつ天災に襲われ経済活動がストップしてしまうかわからないのだ。

「いいですわねぇ、お姉様は。そのような下賤な焼き菓子で満足ができて。さすが、辺境のお育ちであそばされること」

下賤とは、なかなかの物言いである。

「旦那様も美味しいと太鼓判を押してくださった品なのだけれど……」

「トーマスお兄様が!?」

弾かれたように、ラヴィが顔を上げる。セーラを見上げる瞳には、射抜くような力強さがあった。

(なぜかわからないけど、思い切り睨まれてる?)

けれどそれはごく短い時間で、すぐにラヴィは可憐な笑みを浮かべてみせた。

「ああ、ごめんなさいお姉様。ラヴィの出すお店の人気で、お姉様のところの売り上げが減ってしまったら、どうしましょう」

その口調は実に楽しそうだ。

「ラヴィ?」

不審に思ったセーラが呼びかけるが、微笑み一つでかわされてしまう。

彼女はくるりと背を向けてこれ以上は話したくないという態度を示した。来る時よりも強い足取りで、自分の屋台へ戻っていく。

ラヴィの訪問の意図がよくわからずに、セーラたちはポカンと見送るだけだ。挨拶に来たのだとばかり思っていたのに、何かが違う気がする。

「……なあ、ねーちゃん。あの性格ブス、なんなの?」

ラヴィほどの美少女をブスと言えるジャックはさすがである。

「遠縁の娘さんよ」

それ以外の説明ができずに、セーラは呆然(ぼうぜん)と答えた。けれど、すぐに頭を切り替えて、パンパンと手を叩く。

「さ、こちらも早く準備を終わらせましょう。今日も一日、がんばりましょうねー」

「おー!!」

販売メンバーたちは元気に返事をしてくれた。

チラリと、セーラはラヴィの屋台を見るが、すぐに真っ直ぐ前を向く。

気にならないと言えば嘘になるけれども、気にしすぎても仕方がない。自分たちがやることはかわらないのだ。

モイトレを栽培して、焼き菓子にし、露店で売りさばく。

テーブルの準備を終え、販売を開始した。待っていた常連客が一気に並び始める。

「お嬢様。本日も大変な賑わいですね」

空になった籠(かご)にモイトレ菓子を補充しながら、ベッキーが嬉しそうに小さな声で言う。

「ええ、そうね。けど……」

斜め前の新しい店に客をとられ、いつもに比べると客足が減っている。

「あっちの店も、けっこう客来てんなぁ……」

セーラが思ったことをジャックが口にした。

ラヴィの店はかなり目立つので、モイトレ菓子を目当てに来た客の目を引き、少なくない人がそちらに流れている。

その商品のできもいいようだ。

「美味しいわぁ……クリームと生の果実がたっぷりで、なんて上品なお菓子なんでしょう」

「ちょっと高いけど、たまの贅沢ならいいわよね」

ラヴィの店で買い求めたのだと思われる不思議な形をしているお菓子を食べた若い女性たちが、はしゃいだ声を上げている。

その情報によれば、菓子にはクリームと生の果実が使われているようだった。どちらも庶民の口には滅多に入らない高価なものだ。

「ロッテ、買ってきますわ!!」

小さな身体を弾丸のように走らせて、ロッテがライバル店へ敵情視察に行ってしまう。セーラが止める間もなく、あちらの店の列にちょこんと並んでいる。

しばらくして帰ってきたロッテの手には、紙に包まれた菓子があった。

小麦粉で作った皮の中に真っ白いクリームがたっぷりと入り、みずみずしい果実で彩られている。見るからに食欲をそそられ、とくに子供や若い婦人が好みそうだ。

「あらまあ、美味しそう……って、ロッテ。どうしたの？」

買って来た菓子を手にしたままのロッテの顔が、泣き出しそうに歪んでいる。いや、半分くらいはすでに泣いていた。

「うう……お嬢様。ロッテのお小遣いがごっそりとなくなってしまいましたわ……」

想定以上に高い買い物だったらしい。

値段を聞いてみると、子供が気軽に買える金額ではなかった。

セーラは懐から財布を取り出し、ロッテが出したものと同じ額の金を渡す。ロッテは慌てていらないと言った。

けれど、セーラは優しくロッテの手を包み、さらにお金を握らせる。

「いいのよ。かわりに、もう一度お使いに行ってもらえるかしら？　どうせなら皆で味見をしたいから、複数買ってきてほしいの」

中に柔らかなクリームが入っているので、一つを分けて食べるのは難しい。ただ、セーラはそれに興味を惹かれていた。

他の子たちも食べてみたいと思っているようだし、ライバル店の味を知っておくのは悪いことではない。

これは決して無駄遣いではないのだと、セーラは自分に言い聞かせる。

「必要経費っていうのよ」

セーラは再びロッテをお使いに出した。

ロッテが先ほど買ってきた菓子は、セーラに手渡される。

セーラは販売をベッキーと子供たちに任せて、屋台の陰で一足先に菓子に口をつけた。

とろけるような柔らかな食感に、濃厚な甘み、果実の甘酸っぱさが、非常に美味しい。しかし、外側の皮にはとくになんの仕掛けもないようで、特筆すべきことはなかった。

　一口二口と進めたセーラは、眉をキュッと顰（ひそ）めて食べるのをやめる。

「……」

　確かに美味（おい）しかった。文句なしに美味だ。多少高くはあるけれども、この味なら、出す価値はある。ただ——

　首をひねったセーラは、再び口を動かす。残りを食べ終え、難しい顔で黙り込む。

「どうしたのです、お嬢様。口に合いませんでしたか？」

　セーラの様子に気づいたベッキーが、身体を寄せて尋ねてきた。

「そういうわけではないのですが……」

　そこへ、ラヴィの菓子を買いにいっていたロッテが戻ってくる。次々に菓子を配り始めた。

「なんだこれ。うめーけど、もうクリームも果物もない……」

　菓子を食べた子供たちが、不満げに感想を零す。

　そうなのだ。いかにもたっぷりと入っているかのように見えるクリームも果実も、一口二口食べ進めただけで終わってしまうのである。あとは、小麦粉で作られたなんの面白みもない皮があるばかり。

　ようは、見かけ倒しだ。

「……これであの金額は、ちょっと高すぎる気がするわ」

　セーラはぽつりと呟（つぶや）いた。なんとなく騙（だま）された気分になっている。

今は、物珍しさで売れるだろうが、セーラたちが売り出しているモイトレ菓子を脅かすほどになるとは思えなかった。

「……とりあえず……様子をみましょう」

セーラはそう結論づけて、食べ終えた子供たちとともに再び販売へ戻った。

だいぶラヴィの店に行く人がいたとはいえ、こちらの列が途絶えるほどではない。順調に商品を売っていった。

しばらくして、ラヴィが店じまいを始める。どの程度商品を用意していたのかわからないけれども、商品を売り切ったようだ。

「お先にごめんあそばせ、お姉様」

満面の笑みを浮かべて、ラヴィは立ち去った。先に売り切れたことがよほど嬉しかったのだろう。

その後ろ姿を見送りながら、セーラは考える。

(あのお菓子で、この先もうまくいくのかしら?)

他の店のことなので、とやかくは言うつもりはないけれども……

うまくいくとは、とうてい思えない。少なくとも、セーラならば絶対にやらない。

経費を抑えることはいいが、客をガッカリさせるのは得策ではないと思われる。長い目で考えると、愚行だ。

その日も、モイトレ菓子を無事に売り切ったセーラは、次の日、それとなくラヴィにそのことを伝えた。

けれど彼女は耳を傾けない。

客をとられた腹いせに意地悪を言っているのだととらえたようだ。

そして、ラヴィの店がセーラたちの店の斜め前を陣取るようになって、数日。

セーラの抱いた不安は、形になって表れた。

「——一人も並ばなくなりましたわね」

ロッテが呆れを含んだ声で言う。子供たちは、興味もなくなったようで客にモイトレ菓子を渡していた。

予想通りの結果にため息をつくと同時に、白分は気を引き締めなくては、と改めて決意を燃やす。

ラヴィと違い、この屋台には子供たちの生活がかかっているのだ。

改めて、販売係の子供たちを見つめた。当初に比べ、だいぶ手慣れてきている。このままいけば、将来的に店舗を持てる可能性もある。

「ねーちゃん、嬉しそうだな。商売敵が潰れそうなのが嬉しいのか？」

少し引きぎみのジャックに言われ、セーラは自分が笑っていたことに気づいた。慌てて弁明する。

「ち、違うわよ。誤解しないで。そうじゃなくて、このモイトレ菓子の屋台がうまくいけば、いつかお店にできるかしらと、考えていたの」

「お店？」

十歳の少女が、キョトンと目を見開いてセーラの言葉を鸚鵡返しにする。

他の子供たちも、驚いたような顔をした。

「ええ。順調に売り上げが伸びていったら、夢ではないと思うの」

実現したら、子供たちの働き口の一つになる。コルトのような不正を行う院長代理の存在に脅かされることもなくなり、暮らしぶりが安定するだろう。

もちろん、本格的な商売になるので、そこで働くことになる子供には、経営に必要な勉強をさせなければならないが。

そちらについては、トーマスを頼ればいい。

カリスフォード商会には優秀な商売人が山ほどいるのだ。子供たちを導いてくれる人材に困ることは、きっとない。

気になるのは院長代理だったコルトのような人物に儲けを掠め取られることだが、コルト自身はカリスフォード家からの支援金横領が立証され、解雇された。

新しい代理人はきちんとした人物にするとトーマスが請け負ってくれている。

「あ、いらっしゃいませー」

客の伸ばしてきた手に、セーラは思考を切り替える。今は目の前のお客様が大事だ。

最初ほどの勢いはないが、セーラたちの屋台の前に列が途切れることはない。

一方、ラヴィのお店は、ほとんど客が寄りつかなくなり、急激にさびれていった。売り上げが良い時は顔を出していたラヴィも、このところ顔を見せなくなっている。

彼女がどのような思惑で商売を始めたのかわからないけれども、長く続かないだろうとセーラは感じた。

けれど、ラヴィが屋台に固執しなければならない理由もそれほどないはずだ。

食べるものがないほど貧しく稼がなければならないなら心配だが、彼女は裕福な家の娘だ。セーラが気にかける必要はない。

予想通り、ほどなくして例の屋台は姿を消した。

「相手にするほどではありませんでしたわね」

フフンと胸を張って言うロッテを、ベッキーが窘める。

「そんなことを言うものじゃないわよ」

「だって～」

セーラは二人のやり取りを微笑ましく見守るだけだ。

そんなふうにちょっとしたハプニングはあったものの、モイトレ菓子の販売は順調に発展を続けたのだった。

第四章　砂糖菓子少女の失敗

《セーラ・カリスフォード様。


拝啓、朝晩がめっきり寒くなって参りました。

先日、あなた様からいただいたお手紙、楽しく拝読させていただきました。

旦那様と仲睦まじいご様子、お喜び申し上げます。

いらぬ世話とは重々承知ではありますが、あなた様方ご夫婦が幸福であることを心よりお祈りしております。

旦那様の体調はどのようなご様子でしょうか？

病が悪化なさっているようでしたら、熱いお湯で足先を温めることをお勧めいたします。多少は症状が軽減されるはずです。

わたくしのほうはとくに大きな体調の変化はございませんので、ご心配なさらずに。

あなた様とのお手紙のやり取りが、わたくしの心の慰めになっております。何枚書き連ねても足りないくらいの感謝を感じているのです。

さて、前置きが長くなってしまい、申し訳ありません。

探していた品物にめどがつきました。驚くことに、あなた様の故郷であるユーグラシア国のホワイト領に生息している白竜の涙が、原材料だそうです。

わたくしはその竜のもとへ行ってみる予定です。

それではお元気で。旦那様と末永くお幸せに。

敬具

エリザベート・ジェーンより親愛を込めて。》

セーラは届いたその手紙を読み、わずかに眉を顰めて、それを机にしまった。

※　※　※

「えっさー、ほいさー！　どっこいしょーこーらーしょー！」

小気味の良いリズムを刻みながら、セーラはいつものように元気いっぱい、モイトレ畑を耕していた。

手にしっくりと馴染むマイ鍬を嬉々として振り上げ、畑の土をならしていく。その様は決して伯爵令嬢にも、大商人の妻にも見えない。

生まれつきの農婦のような腰の入った堂々とした作業姿は、まさにベテランの域に達している。

事実、孤児院で最も畑仕事に精を出し、優れた作業をこなすのはセーラである。

幼い頃から食べるために畑を耕し続けてきたセーラの経験値に、都会育ちの子供たちが敵うわけがなかった。

「お姉さん、お鼻に土がついてる～」

小さな子供に指摘されたセーラは鼻をゴシゴシと軍手でこする。けれども、すでに土で汚れていた軍手で拭ったことで反対に汚れが広がり、目撃していた子供たちが声を上げて笑った。

セーラも怒ることはなく、同じように明るく笑う。

そこに、夜会での妖艶な婦人の面影はない。

彼女の夫たるトーマス・カリスフォードは、そんなセーラの姿を初めて目にし、呆然とした。

「……セーラ？」

思わずといった具合に呟く。その声がセーラの耳に届き、彼女はそちらを見た。

(なぜにここに、旦那様が⁉)

そこには、いつもよりも多少ラフな出で立ちの夫がいた。彼は大層驚いた顔をしているが、セーラとてそれは同じである。

「どうしてここに？」

セーラは叫び、マジマジと自分の夫を見つめる。

彼は年に一度しか孤児院に足を運ばないと言っていた。そのトーマスが孤児院内の、しかも畑にいることが、不思議でならない。

実際はそんなことはないのかもしれないが、肉体労働などしたことがなさそうな、インテリ然とした美青年が、畑の隅に佇んでいる。

(なんて畑が似合わない人だろう……)

セーラは正直にそう思った。決して、口には出さないけれども。

「旦那様……いかがなさいました?」

姿勢を正し、セーラはトーマスへ向き合う。

周囲で働いていた子供たちは不思議そうに、セーラとトーマスを交互に見た。

「少し様子を、ね、見にきたんだ。最近、この孤児院で作られている商品の人気が高まっているし……そのまあ、君の様子を……見にきたとも言う」

最後の言葉は、やや聞きとりにくかったものの、どうやらセーラたちを見にきただけのようだ。

「な、なあ。ねーちゃん。このおっさん、知り合いだったのか?」

衣服をちょいちょいと引っ張り、やや小声でジャックが尋ねてきた。その顔には、警戒の色が浮かんでいる。

彼はセーラの衣服を握る手とは別の手に鍬を持ち、武器のように構えていた。

ジャックの警戒が他の子供たちにも伝染しているようで、ジリジリとトーマスから距離を取っている。

一度、モイトレ菓子の屋台で顔を合わせているはずだが、格好が違うので同一人物だとは思っていないのかもしれない。

これほどまでに印象的な美貌の人物をよく忘れられるものだと、セーラは思った。子供と大人では感覚が違うのかもしれない。

「えーっと、こちらは……この孤児院の……一番偉い人よ！」

どう説明すればいいのか悩んだ末、セーラは最も端的な説明をする。

「おじいちゃん先生より？」

セーラは大きく頷く。途端、子供たちの警戒は解けたように思える。

「旦那様ってのは……ねーちゃんの雇い主ってこと？」

ただ、リーダー格のジャックだけは警戒を続けていた。トーマスもまた、興味深そうにジャックを見下ろす。

セーラは、本当のことを言うかどうか迷った。

「雇い主というか……」

「夫だよ」

セーラが説明する前に、当の本人の口から真実が語られた。

ジャックの手に握られていた鍬（くわ）がポトンと畑の上に落ちる。少年はたっぷりと十秒間ほど絶句し、
それから素（す）っ頓狂（とんきょう）な声を上げた。

「夫!?　ねーちゃん、嫁入りしてたのかよ!!」

その驚きは、孤児院に住む子供たち共通のものとなった。

「あの少年は随分と、気落ちをしていたようだね」

「ジャックですか？　わたくしがカリスフォードの人間だということは、伝えておりませんでしたので……驚いたのでしょう」

あの後、トーマスも畑仕事を手伝うと言い出し、セーラは今、彼と並んで畑を耕している。

「俺の目には、驚いただけというようには見えなかったが……」

そう言いながら、トーマスは大きく腕を振り上げ、鍬を畑へ落とした。存外、力強い。

うっすらと汗をかいているトーマスの逞しい身体に、セーラは驚いていた。

まさかトーマスが自分と一緒に畑を耕してくれる日が来るとは。

腕まくりをし剝き出しになった腕には、綺麗な筋肉がきっちりついている。

案外、こういう身体を使う仕事も似合うのではないかと、セーラは様々な作業に精を出すトーマスを想像してみた。

(……似合わないことはないけれど……やっぱり、旦那様はデスクワークが似合う気がするわ)

青白い人たちと室内で小難しい交渉を繰り返しているのが、彼の本質であることに変わりはないようだ。畑作業は、たまの息抜き程度でいいだろう。

彼の持病のことを考えても、適度に身体を動かすことは良さそうだ。

「なかなか腰に来るな……あなたはいつも、こんなことをしていたのか？」

トーマスが、畑に交じる雑草を抜いているセーラに問いかける。セーラは朗らかに笑い返した。

「ええ。このモイトレ畑は、大事な孤児院の収入源ですので」

「俺の記憶が正しければ……あなたは伯爵令嬢だったはずだが？」

頬に流れる汗を、トーマスが手の甲で拭う。

「まあ。伯爵の娘が畑仕事をしてはいけないという決まりでもありまして？」

セーラは自分を隠す気はなかった。ほっかむり姿で畑仕事に精を出しているところを見られた以上、隠すのも馬鹿馬鹿しい。

トーマスの人となりは、これまでの付き合いでなんとなくではあるがわかってきている。この程度のことで妻を拒絶するとは思えない。

セーラの中でのトーマスに対する認識は、いつの間にか良いほうに変化していた。彼が自分の本来の姿を嫌ったりしないのではないかと、信じてみたくなったのだ。

「それにしても、あなたの故郷でもこのモイトレを栽培すれば……少なくとも食料事情については解決できたのでは？」

トーマスの言葉に、セーラは苦笑を浮かべる。そして、あの雪に覆われた貧しい大地に思いを馳せた。

「モイトレは比較的どこでも栽培できる強い植物ですわ。植えるとすぐに実がなるので、災害時の食料としてホワイト領では非常に役に立ちました。けれど……モイトレといえども、土に最低限の栄養素は必要なのです。我がホワイト領の土地はモイトレの栽培を繰り返しすぎたことにより枯れがひどく、そろそろ実を得ることができなくなってきていたのです……」

「……そうか」

しんみりと、トーマスが答える。彼は少しの間、黙ってモイトレ畑を見ていた。

けれど、しばらくして、思い出したかのように言う。

「ところでこの畑なのだが、あなたがわざわざ働かなくとも、他の人間を雇えばいいのでは？」

「人件費が馬鹿にならないことを、旦那様だってご存じでしょう？　それにわたくしはこう見えて、農作業のことでしたら玄人ですわ」

セーラはフフンと胸を張り、どうだとばかりに自分たちの力で広げたモイトレ畑を自慢した。それを見たトーマスはポカンと口を開け、次に小刻みに身体を動かし始める。

彼の口から漏れ出るのは、隠しきれない笑い声だ。

「旦那様？」

「……そうか。畑仕事が得意なのか……俺の妻は」

「ええそうです。夜会よりも、よっぽど上手にやりますわよ？」

己の本領発揮ができるのは畑である、とセーラは答える。それに対し、トーマスは笑ったまま首を横に振った。

「いいや、あなたは夜会でも立派に役割を果たしてくれている。けれど、そうか。そう、なんだな。俺は本当に……あなたという人間を、まるで何一つ理解していなかったようだ」

彼は汗の滲む、少し土で汚れてしまった――それでも秀麗な顔で笑った。

セーラの胸の奥で、何かが小さく鳴る。

トーマスはひとしきり笑ったあと、愉快そうに再び鍬を振り上げ始めた。上下に動かすたびに、腕の筋肉の筋が見える。

セーラは夫の労働する姿に目を奪われた。

何か特別なことをしているわけではない。わけではないのだけれども……目を逸らすのがひどく勿体ないと感じる。

「セーラ？」

「な、なんでもありませんわ」

彼女はほっかむりをかぶりなおして、顔を隠した。トーマスの近くで、雑草抜きを再開する。

そして少しして、休憩の時間になった。

セーラはトーマスを連れて、少し子供たちとは離れたところに布を敷く。その上に座って、トーマスにも腰を下ろすように促した。

「子供たちはいいのかい？」

「ひとまずは落ち着いて休憩なさってくださいな。慣れない仕事でお疲れでしょう」

予め用意していた飲物をトーマスに振る舞う。本日の食事当番が作ったランチは、野菜と鳥肉を挟んだサンドウィッチだった。

畑仕事で汚れていた軍手を外して手を洗い、セーラは普段つけている白い絹の手袋をしている。

「こういう場所で食べるのは、新鮮で……悪くないな」

「わたくしもお部屋で食べるより好きですわ」

トーマスは少し意外そうな顔をする。

「そうか。あなたは、こういうところでの食事を好むのか」

「ええ。夜会は緊張するので、何を食べているのかさっぱりです」

「緊張していたのか？　完璧な淑女にしか見えなかったが……」

トーマスが一つ息を吐く。

セーラはほんのりと眉間に皺を寄せ、心からの愚痴を零した。

「当たり前じゃありませんの。わたくし、故郷では夜会に参加したことなど、一度もありませんでしたのよ？　ホワイト家の娘として恥をかかない程度に知識だけは詰め込んでおりましたが、初めて夜会に参加した夜なんて、ドッキドキで口から心臓が飛び出してしまいそうでしたわ」

あの夜の緊張を思い出して、セーラはサンドイッチのパン屑がついた指先を胸の前で組む。その口元にはソースがついている。

「とても初めてだとは思えないほど堂々としていて、さすがは貴族、慣れてらっしゃると思っていたくらいだ……あの、口元」

トーマスがそっと綺麗なハンカチを差し出してきた。セーラは「あら」と呟き、受け取ったハンカチで口元を拭う。

お礼を言いながら、トーマスに笑いかけた。

「そう思っていただけたのなら、頑張った甲斐がありますわ。だって、わたくしの大事なお仕事ですもの」

セーラはトーマスにとても感謝していた。彼の援助でホワイト領は救われたのだ。

だからこそ――

「わたくしは、旦那様のお役に立つならば、どのようなこととて厭いません」

晴れやかな表情で力強く宣言するセーラを、トーマスはしばらく何も言わずに見つめ続けていた。

「あなたは……」

何か言おうとして、また唇を閉じる。彼は驚いているようにも、戸惑っているようにも、そしてどことなく嬉しそうにも見えた。

「……あなたは、それほどまでに……覚悟を決めてくれていたのか」

「当然ですわ。恩義には、命に代えてでも報いるものですもの」

フフフと、セーラは唇に笑みを乗せる。

今は、自分と結婚してくれたトーマスに恩義以上のものを感じていることを、ほんのりと自覚していた。

「旦那様を脅しての結婚でしたので、わたくしのことをあまりよく思っていなくても仕方のないことですが――」

トーマスのカップが空になっているのを見つけ、追加の茶を注ぐ。温かなお茶の湯気が風にのってふんわりと香った。

「わたくしは心の底から旦那様に感謝しておりますのよ」

自分のカップにもお茶を注ぎ、ひと口飲んだ後、セーラは言った。すると、トーマスが首を横に振る。

「いや、あれはウチの愚弟が悪いわけで、あなたのせいでは……」

「そうですわね。アレは、ないですわ」

うんうんと、セーラは頷く。

（もっとも、カーク様の逃亡の理由をわたくしはすでに知っているのよね……）

定期的に送られてくるエリザベート・ジェーンからの手紙。あれはカークが偽名を使って出しているものだった。

セーラはその手紙によって、カークがなぜあんなことをしたのか教えられている。

丁寧に謝罪もされており、ある程度は納得している。もっともだからといって、すべてを許したわけではなかった。

せめて前もって相談してくれればよかったのにと思っている。

「カーク様が帰ってきたら、その頬を張り飛ばす許可をくださいな、旦那様」

利き手を空中でうならせながら、セーラはクフフと笑う。そんなセーラに、トーマスは肩をすくめた。

「両頬を腫れ上がるほどに張り飛ばしても、許せるようなものでもないだろうに……」

失踪したままの弟のことを思い出したのか、トーマスは沈痛なため息を落とした。彼の表情が一気に疲れたものになる。

その翳りは畑仕事によるものではないに違いない。

「……本当に、あなたには悪いことをしたと思っているんだ」

「旦那様？」

「俺は……あなたと結婚をしたいなんて、一度も思っていなかった」

ぽつりと、トーマスは告白する。セーラは改めて座り直した。

「結婚してもしばらくは、あなたに興味を持てなかったし、何より……自分の意図していなかった展開に苛立ち、結果としてあなたを蔑ろにしてしまった」

「蔑ろ？」

そうだっただろうかと、セーラは首をかしげる。

確かに今ほど、トーマスと顔を合わせて会話をすることはなかった。けれども、毎日健やかな生活を送らせてもらっていた。

綺麗で暖かな部屋に、ふかふかのベッド、何着もある衣類と、多すぎて使い勝手がわからない化粧品の数々。食事だって、三食十分にいただいている。

セーラの認識としては、決して悪い待遇ではない。

そもそもセーラとトーマスは利害関係によって結ばれ、それほど仲睦まじい暮らしを送れないかもしれないことは互いに納得の上だ。

「ミンティーを主とする使用人たちの横暴な態度を、俺は見逃してしまっていた。そして、そのすべての原因は……俺のあなたへの態度に起因する」

「ああ……」

そう言えば、そういうこともあったなとセーラは思う。

ベッキーたちによれば、自分はとても悪い扱いを受けていたらしい。だが、セーラ本人に欠片も冷遇されている自覚がなかったので、ダメージは皆無だ。

ベッキーとロッテ以外のメイドとあまりしゃべることもないので、態度の悪さも何もない。

「旦那様。その辺りは、お互いに歩み寄りが足りなかっただけですわ」

セーラとて、自分からトーマスに歩み寄る努力を怠っていた。

ホワイト領さえ幸せであれば構わないと思っていたからなのだが……こうやって、二人で過ごす時間を悪くないと感じられる今、なんとなく勿体ないことをした気分になっている。

「……俺は、あなた以外の女性のもとにも行っていた」

「それは、自分が了承したことですもの。わたくしに責める権利などありません」

セーラ自身が「恋」や「愛」について、よくわかっていなかったことにも一因がある。

「いいや、あなたにはある。俺たちは……夫婦なのだから」

「……夫婦」

彼の唇から放たれた言葉を、セーラは噛み締めるように繰り返す。

書類上だけの夫――

それよりも、トーマスに対しては恩人だという気持ちのほうが強かったはずだ。

「セーラ、手を出してくれないか？」

促されて、セーラは素直にトーマスの手に自分の手を重ねた。

「手袋を取ってもらっても？」

「それは……」

セーラは珍しく躊躇う。

彼女は普段、手を曝すことはない。ずっと手袋で隠していた。

「……見せたくないものでもあるのか？」

「そうですわね……あまり」

そう言いながらも、意を決してセーラはそっと手袋を外す。トーマスの願いを拒否するのはなんとなく嫌だと感じていた。

そうして現れたセーラの白い指先には、いくつものあかぎれと農作業でできたタコがある。

それは昨日今日できたものではない。故郷で毎日、食べるために働いていた証である。

トーマスは表情こそ変えなかったが、小さく息を呑んだ。

「それは……？」

「これでも、随分と良くなってますのよ」

言葉を失ってしまった彼に、セーラはおどけるように笑ってみせる。

事実、カリスフォードの屋敷に住むようになってからは、水仕事をしなくなったし、マッサージクリームのおかげで、以前よりは綺麗になっている。

トーマスはその指を優しく包み込んだ。

「あなたの指先は、美しい」

「……ありがとうございます」

言葉通りの意味を持つわけがない。きっと、慰めてくれているのだ。

それでもセーラは、その言葉がとても嬉しかった。

「あなたに、これを贈りたい……」

トーマスが、壊れやすい宝ものに触れるように慎重にセーラの片手を取る。

もう一方の手でポケットから何か小さな箱を取り出した。箱を開け、中のそれをセーラの指へそっとはめる。

「これは——？」

セーラはそれを見て、小さく驚きの声を上げた。

小さな宝玉(ほうぎょく)のついた指輪が指で輝いている。

「あなたへの贈り物だよ、セーラ」

「な、なぜ？　わたくしはもう十分に、いろいろなものをもらっております」

セーラは自分の指先をオロオロと見つめた。もらう理由がないと、首を横に振る。

「俺が、もらってほしいんだ。今まで贈っていたのは……あなたのご機嫌をとるための、気持ちの入らない品だった。俺はずっと、あなたに対し思い違いをしていたんだ。あなたは、金のかかった宝玉(ほうぎょく)などを好む女性だと思い込んで……」

「確かにわたくしは、お金とお金になりそうなものが大好きですわ。だって、それらがあれば、お腹(なか)を空(す)かせた領民の腹を満たすことも、寒さに震える身体に温かな衣類や寝床(ねどこ)を与えることも、できますもの」

「そうだな。あなたは金の使い方というものをよく知っている。……そして、俺がひどい思い違いをしていたのは間違いない。あなたを見下し、義務で贈り物をしていた。そこに、俺の特別な感情など……何一つ、ない。部下に適当に選ばせていたにすぎない。けれど――」

そこでトーマスは言葉を切った。

セーラはわずかに緊張しながら続きを待つ。

「この指輪は、あなたに贈りたくて俺が選んだ。……あなたを想い、あなたのために。あなたに似合うと思って、俺が……探し求めて、手に入れた」

「……これを旦那様が？」

トーマスから贈られたのは、青い宝石を薔薇の形に加工した指輪だ。精巧な造りだが華美でなく、シンプルな強さがあって美しい。

「あなたに似てると感じて」

「……とても、嬉しいです」

指輪を撫でて、セーラはトーマスに微笑む。

それは、今まで見られることのなかった夫婦の姿であった。

※　※　※

吐いた息が真っ白になる季節がやってきた。

「……情けない」

カリスフォード家の若き当主トーマス・カリスフォードは、ベッドの中で療養していた。

この季節になると持病が一気に悪化する。今年はとくにひどく、主治医からしばらくベッドの中で安静にするように告げられてしまった。

体調さえ良ければ、孤児院のモイトレ畑にセーラとともに行くことができたのにと、トーマスは残念に思う。

カリスフォード商会の仕事も山のようにあるが、孤児院の畑で子供たちと作業に明け暮れるセーラは年相応に可愛らしく、トーマスは何かと理由をつけてちょこちょこと顔を出すようにしていたのだ。

土で顔を汚し朗(ほが)らかに笑うセーラは、まさにトーマスの理想通りの純朴(じゅんぼく)な少女であった。

そのきつい顔立ちは変わっていないはずなのに、なぜ彼女を毒花のようだと感じていたのか思いだせないほどだ。

当初は警戒心をあらわにしていた子供たちも、トーマスが自分たちを虐(しいた)げる大人ではないとわかってからは懐(なつ)いている。

それも、トーマスが孤児院へ足を運ぶ理由になっていた。

弟を可愛がっていたこともあり、トーマスは子供好きだ。セーラもそうであるらしいことも、トーマスを喜ばせている。

セーラはきちんと、孤児院の運営状態に目を配ってくれていた。

今では、これまで手の届かなかった箇所の修繕もされ、以前よりもさらに快適な場所になっている。

心からの感謝を伝えると、トーマスが持っていた貴族に対するイメージを塗り替えてしまうほど謙虚で健気な妻は、決まってこう答えるのだった。

「わたくしの力ではございませんわ、旦那様。旦那様がいるから、わたくしたちは幸せに暮らせるのです」

彼に向けるその笑顔が、また大変愛らしい。

今もセーラはベッドの枕元に椅子を置き、トーマスの話し相手になってくれていた。

トーマスは自分の持病を隠し、セーラには単なる風邪だと言って誤魔化している。けれどセーラは、心配でたまらないといった顔で何かと自分の看病をしてくれるのだ。

「風邪は命にかかわることがございますのよ」

セーラが器用に編み物をしながら、そう注意をする。

彼女もここ数日、孤児院に足を運んでいない。

元々、ずさんな運営で苦しんでいた時期を子供たちだけで乗り切っていたのだから、しばらくは大丈夫だろうというのだ。

「旦那が寝込んでるんだろ？　なら、ねーちゃんはちゃんと看病してやんなよ」

そう、彼らの代表であるジャックに背中を押されたらしい。

「……あなたは編み物も得意なのだな」

トーマスは感心して、セーラの手元を見る。

「得意というほどではありませんが、自分で編めると得なことは多くありますから……」

吊りあがった目を心持ち緩め、はにかんだようにセーラが答えた。

他人を冷笑しているのだとばかり感じていた笑みも、よくよく見てみればただ照れているのだとわかる。

「それは、何を編んでいるんだい？」

「ひざ掛けです。旦那様が受け取ってくださると、嬉しいのですが」

微笑むセーラに、トーマスも落ち着いた笑みを返した。

二人の間に穏やかな時間が流れている。

「——そういえば、モイトレ菓子の人気は衰えることがないようなので、孤児院の畑を増やそうと思っていますのよ。今の調子ですと、孤児院の空いている土地はすべてモイトレ畑になってしまいますわ」

喜ばしいことのはずなのに、少し思案深げな様子でセーラが言う。

「それに何か不都合が？」

「ええ。子供たちが遊べる場所がなくなってしまい、困ります」

現状でもモイトレ畑によって子供の遊ぶ場所は減っているのだ。これ以上は、彼らの健康を考えても、容認できないとセーラは嘆く。

「かといって、モイトレ菓子の人気は衰える様子を見せませんし……」

「ならば、近くの土地を買うことにしよう」

「いいのですか？」

セーラが驚きの声を上げる。その嬉しそうな顔に、トーマスは満足した。

とくにおねだりをされたわけではないが、今までの分も含めて、妻が望むものはなんでも贈ってやりたい。

「今やモイトレ菓子は、カリスフォード商会にとっても無視のできない商品になっている。まあ……必要経費だ。それに以前、あなたは今売り出している焼き菓子の他にも、モイトレを使った商品を検討していると言っていただろう」

「ええ。覚えていてくれたのですね」

セーラがこくんと頷く。やっぱり可愛い。

「そちらも無事に商品化でき、現存のモイトレ菓子と同程度の勢いで売れれば、とても今の畑では足りない。ならば、思い切って孤児院とは別に広い土地を買い、そこをモイトレ専用としたほうが良いだろう」

「ありがとうございます！」

「ぜひとも、売れる商品を作り上げてくれ」

期待を込めた眼差（まなざ）しを向けると、セーラは誇らしげな顔をした。

それから少し話しているうちに、トーマスは眠くなってくる。それをチラリと見たセーラは、編み物を再開した。

「――勝算がなかったわけではないのですが、本当にこれほどモイトレが売れるなんて思っていませんでしたわ」

ぽつりとした呟きに、トーマスは返事をする。

「俺もまた……畑をいじりに行きたいものだ」

眠りの世界に半分足を踏み入れ、不明瞭な声になってしまった。セーラが無防備な笑みを浮かべる。

「……ええ、また一緒に行きましょう。そして、お外でランチをしましょう、旦那様」

柔らかい声が、トーマスを一層眠りに誘った。

セーラの指には、彼が贈った薔薇の形の指輪が美しく輝いている。セーラはそれをとても大切にしてくれていた。

「――すまなかった」

「え？　何か言いまして？」

思わず洩れ出た謝罪に、セーラはキョトンと小首をかしげる。トーマスは慌てて、なんでもないと誤魔化した。

今更言っても詮のないことだ。詫びる気持ちがあるのであれば、これから先の行動で示すしかないと、トーマスは自身に誓っている。

やがて、扉をノックする音が聞こえ、セーラが返事をした。

メイドが一人、部屋に入ってくる。初老の陰鬱な顔をした女性だ。

彼女は食事を載せたワゴンを押していた。

「ありがとう」

セーラが短く礼を言って食事を受け取る。すると、メイドは悔しそうに唇を噛み締め、燃え上がるような瞳を一瞬、セーラへ向けた。

「ミンティー‼」

眠気が吹っ飛んだトーマスは、強い叱責（しっせき）の声を上げる。

トーマスはセーラに対する嫌がらせの罰として、ミンティーを降格させていた。これ以上自分の妻に不愉快な態度をとらないように、警告も行（おこな）っている。

「……お前が真に反省をしないなら、この先の勤めについても考えがある。いい加減に態度を改めてくれ」

母がわりだった彼女に、情がないことはない。だが、妻であるセーラを貶（おとし）めるような行動を許すわけにはいかなかった。

即解雇という話も出たが、長年の功績と年齢が考慮され、降格に収まったのだ。今ではロッテと同じメイド見習いとして扱われている。

ミンティーはまだ納得がいっていないようであったが、静かに頭を下げ部屋を出ていった。張りつめていた息をトーマスは吐き出す。

不意にセーラの表情が曇る。

「あまり気持ちのいいものではありませんわね」

「……そうだな」

彼女はミンティーの処遇に心を痛めているのかもしれないと、トーマスは思った。とくに実害はなかったのだから何もしなくていい、と最後まで主張したのは彼女だ。

気を取り直して、トーマスは上半身を起こした。用意された食事をトレーごと膝の上に置いてもらう。

トレーの中身は、ミルクがゆだった。身体を温める効果があり、消化にもよい。

セーラも部屋の雰囲気を変えたかったのか、おどけたように言う。

「ふーふーしましょうか?」

「よしてくれ、子供じゃあるまいし」

からかわれたのだと思って笑って流すと、セーラは残念そうな顔になる。本気だったようだ。勿体ないことをしたかもしれない。

以前は、自分の妻は何を考えているのかよくわからないと感じていたが、きちんとつきあってみると、彼女ほど自分の感情に素直な人はいないことに気づく。

彼女がなぜ常に扇子を離さず、その美貌を隠してしまうのか、納得できた。これでは、貴族社会どころか、生き馬の目を抜く商人の世界でも、すぐに悪人につけこまれそうだ。

実にわかりやすく、そして可愛らしい。

トーマスは、そんなセーラを守ってやりたいと思っていた。

程なくして、彼は食事を終え、一息つく。

胃に負担がかかる病ではないので、食欲自体に大きな変化はない。ただ、少し喉の通りが悪くなるのが辛い。

トーマスは軽く咳き込んだ。

呼吸に、喘鳴が混じる。

その音が聞こえたのか、セーラが気遣わしげな顔をする。

「旦那様。……しばらくお待ちくださいね」

一度部屋を退出して、大きなたらいと厚手のタオルを持ってきた。

「どうするんだい？」

「いいことですわ」

セーラはトーマスに足を出すように促す。

トーマスはベッドに腰掛けたまま、両足をそっとセーラへ向けた。

女性に向かって足を差し出すという行為に、複雑な感情が呼び起こされる。

戸惑いで眉を下げるトーマスに構わず、セーラは空のたらいを彼の足元に用意した。何をするのか見守るトーマスの目の前で、たらいに手を翳す。

そして、トーマスの耳では聞き取れない不可思議な言葉を紡いだ。途端、たらいの中が透明な水で満たされる。

「これは!?」

「初歩的な水の魔術ですわ。わたくしの適性は水ではないので、せいぜいこの程度のことしかできませんが」

続いて、彼女が再び何かを唱える。

すると、水から湯気が出てきた。

「それもか？」

「いいえ、今のは火の魔術です。火もわたくしの適性魔術ではないので、水を温めることしかできないのですが」

「驚いたな。そういえばユーグラシア国の貴族は、魔術という人知を超えた力があるのだったか」

トーマスは、自分の妻がユーグラシア国の貴族出身であることを忘れていたわけではなかったが、今まで使われることなどなかったので、妻が魔術を使える可能性をすっかり失念していた。

「さ、このお湯に足を入れてください、旦那様。足を温めると血行が良くなって喉(のど)の通りも良くなるそうですわ」

セーラに促(うなが)されるまま、トーマスはパジャマのズボンをふくらはぎの上までまくりあげて、たらいの中に足をチャポンと入れた。

思った以上に高い湯の温度に少し驚く。

「熱いな」

「熱いくらいが、効果があるそうです」

背中にうっすらと汗をかくまで足を入れていると、確かに喘鳴(ぜんめい)混じりの呼吸が収まってくる。

トーマスはほぅっと息を吐く。

感心しながら足を引き上げると、湯に浸(つ)かっていた部分の皮膚がわずかに赤くなっている。

そのほんのりとした赤の分、トーマスはセーラに対する愛情をまた深めたのであった。

※　※　※

トーマスの症状が小康状態になった日、セーラは久しぶりに孤児院を訪ねた。

「すっかりモイトレ菓子工場になっちまったなぁ……」

孤児院という名の工場だとジャックが笑う。

彼の言う通り、孤児院の活動はすっかりモイトレ菓子の作業を中心に回っていた。販売は、子供たちの手を離れ、カリスフォード商会が取り扱うようになっている。孤児院の子供たちは、モイトレ畑を耕しお菓子を作ることに専念していた。

それでも毎日、大量に入る注文をこなすのに四苦八苦している。忙しいのは忙しいが、彼らは充実した日々を過ごしているようだ。

「それじゃあ、できあがったお菓子を箱に詰めましょう」

セーラの号令で、焼き上がったモイトレ菓子が次々に詰め込まれていく。詰め終わった箱は、孤児院の前で待機している荷馬車に積まれ、販売所へ運ばれる。

子供たちはモイトレ菓子の箱を孤児院の前までせっせと持っていった。

「あらあらまあまあ。お姉様！」

突然、甲高い声が響き、トタトタと誰かが駆けてくる音が続く。

だいぶ前にも、同じようなことがあったなぁと思いながら、セーラはそちらに身体を向けた。

姿を目にせずとも声の主がラヴィであることはわかりきっている。

彼女は一時ライバル店を経営していたので、子供たちはわかりやすく表情をムッとさせた。それは、ベッキーとロッテも同じようで、急に冷めた顔になる。

彼女たちはカリスフォード家のメイドなので、その親戚であるラヴィに不躾な態度を取ることはない。けれど、必要最低限のことしかしないと言わんばかりに、つんと澄ましてしまったのだ。

そんな周囲の空気に気づかないのか、ラヴィはにこやかに挨拶をする。

「ご機嫌よう」

「ご機嫌よう、ラヴィ」

以前ここで会った時は観劇に出かける途中だと言っていたけれど、今日はどうしたのだろう？

お菓子の屋台以降、彼女と顔を合わせていなかったので、久しぶりだ。

「今日はどうなさったの？」

セーラが尋ねると、ラヴィは朗らかに答える。

「例のあのお菓子はこの孤児院で生産されていると伺って、見に参りましたの。こちらは、カリスフォード家が運営しているのでしょう？」

「ええ、そうよ」

ライバルだった孤児院印の焼き菓子にはいい思い出がないだろうに、ラヴィも親戚のことは気にしてくれているのだろうか。

わずかに引っ掛かりを覚えはしたものの、セーラはラヴィの訪問を前向きに受け取った。

興味があるならば、中を見学していってはどうかと誘う。

けれど、ラヴィの態度はセーラが期待するようなものではなかった。

彼女はあからさまに不愉快そうに眉間に皺を寄せる。その顔は、他者を蔑むような歪んだものだった。

「お姉様は、ここで何をされているのですか？」

「私はちょっとしたお手伝いをしているの」

「まあ？　お姉様が？」

ラヴィは口元に手を当てた。驚愕して大きな瞳を見開く。

「ええ。けっこう楽しい――」

楽しいのよ、と言おうとしたセーラの言葉は途中で遮られる。

「お姉様！　僭越ながら、はっきりと言わせてもらいます。カリスフォード家に嫁入りした人間が、このような下賤な場所で働き、卑しくも金銭を稼ごうだなんて、品がありませんわよ!!」

ラヴィはもはやセーラに対する悪感情を隠しはしなかった。

一瞬、何を言われたのかわからずに呆けているセーラに、言葉を重ねる。

「どうもお姉様には、トーマスお兄様の妻である自覚が足りないようですわね。なんて可哀想なトーマスお兄様。わたくし、この前お姉様の真似をして、つくづく悟りましたのよ。レディたるラヴィにとってお金のために頭を下げるようなはしたない行為は無理なんだと。こんなこと、不出来──失礼、世間知らずの人間しかいたしません。爵位しか誇るものがない女と嫌々婚姻を結ぶだなんて……」

「ラヴィ……」

ラヴィの顔が憎悪に歪む。それはミンティーも見せた、嫉妬にまみれた醜く暗い表情であった。

その顔に向かって、セーラは手を伸ばし、勢いをつけて中指を弾く。

「きゃあ！」

弾いた指先は、当然ラヴィの額に命中する。

ラヴィは悲鳴を上げ、赤くなった額を両手で押さえた。

「信じられません！　野蛮人っ‼」

ますますセーラを睨みつけてくる。ラヴィについていた二人のメイドも声を上げてあたふたした。

けれど、そんなことはセーラに関係ない。

「ラヴィ。世の中には言っていいことと、いけないことがあるのよ。あなたも商人の娘なら、労働によって金銭を得ることを卑しいなど、口が裂けても言うべきではないわ。頭の中に何も入っていない、お馬鹿さんだと思われるわよ」

「なっ！」

「あなたが美味しいご飯を食べて暖かいところで眠り、綺麗な衣類を着られるのは誰のおかげだと思っているの？　あなたのご両親が働いてくれているからでしょう？　まさか、天からお金が降ってくると信じてるなんて言わないわよね」

そう言うと、ラヴィは顔を真っ赤にさせた。

「な、何よ！　わかったような口をきいて！　あ、あなたこそ、貴族なら、働いたことなんてなかったでしょう!?　そ、それを、トーマスお兄様に取り入りたいがために孤児院で働き始めるとは、わざとらしすぎますわ！」

「取り入るって、彼はわたくしの夫なのだけれども……」

セーラは困惑した。確かに貴族の娘が働いたことはないだろうとラヴィが思うのも無理はないが、とんだ言いがかりだ。

結婚した当初、それなりにトーマスに気を遣っていたのは間違いないけれど、それと孤児院に出向くようになったことは別である。単純に、自分がしたいからしただけの部分が大きい。

子供たちの面倒を見ることも畑を耕すことも、セーラは大好きだ。

どう説明しようかとラヴィを見つめていると、彼女の大きな瞳に涙が浮かぶ。

「……ラヴィ？」

「気安く名前を呼ばないでほしいわ」

叩きつけるように叫ぶ。

そしてラヴィは涙を拭って髪をかき上げ、傲岸にも仁王立ちになった。

その迫力に呑まれ、子供たちはじりじりとラヴィから遠ざかっていく。唯一ジャックだけがセーラの前に出た。

ベッキーとロッテもセーラを自分の背に庇う。

「先ほどから、失礼ではございませんか‼」

ベッキーが声を張り上げる。いつも控えめな彼女が、主人の親戚に声を荒らげるなど、どれほど勇気がいることだろう。

その気持ちがセーラは嬉しかった。

セーラはともかく、まだ若いメイドになら勝てると思ったのか、ラヴィがベッキーも睨みつける。

「お下がりなさい、使用人風情が生意気よ！」

それでも、ベッキーとロッテ、そしてジャックにも怯む気配はない。セーラが制しても、彼女の前からどく気はないようだ。

仕方なくセーラは、彼女たちの真後ろからラヴィを叱る。

「ウチの子たちにひどいことを言わないでちょうだい。それにこの孤児院にいる子たちは皆、一生懸命生きているわ。馬鹿にするのは、わたくしが許さない」

すると、ラヴィが鼻で笑う。

「許さない？　それは、こちらの言葉ですわよ。よくもあなたなんかが、トーマスお兄様と……！」

「旦那様がなんだというの？」

思えばラヴィは、しきりにトーマスを気にしていた。

「……ああ。あなた、旦那様のことが好きなのね」

セーラはポンと手を叩く。あっけらかんとでも言えそうなセーラの態度に、とうとうラヴィは首元まで真っ赤に染まった。

そして「ぐぬぅ！」と、悔しそうに呻く。

「うるさい！　あなたさえ、いなければ!!」

怒りの頂点に達した彼女は、その手を振り上げようとする。

だが、その時――

「――うっせーよ、ブース！」

少年の声が割って入った。見ると、ジャックが両腕を胸の前で組み、威嚇するようにラヴィを睨みつけていた。

その言葉に勇気を得て、遠巻きにしていた他の子供たちも、セーラの周囲に集う。

ラヴィはジャックに苛立った目を向けた。

「な、何よ！　ラヴィが、ブスですって!?」

「そうだ。ぎゃんぎゃん喚くな、ブス！　こっちはまだ仕事が山ほど残ってんだよ！　あんたに構ってやれるほど、暇じゃねー！　帰れブス!!」

面と向かって自分の容姿をけなされたことなどなかっただろうラヴィが、わずかに傷ついたような顔になる。

「結婚してる男のケツ追いかける暇があったら、そのブスすぎる性格をどうにかしたほうがいーんじゃねぇの？」

ラヴィの様子など気にもしていないジャックは、いつもの調子で、ガンガン、彼女に噛みついた。

もちろん、ラヴィも負けてはいない。

「なんですって！　生意気な！　これだから、下賤な人間は嫌いなのよ！」

「下賤って……、あんたも平民生まれだろうが」

　ジャックが呆れた声で返す。

「わ、わたくしが同じ⁉」

　ラヴィは真っ赤な顔で喚き、ジャックに応戦しようとするも、他の子供たちから攻撃の声が上がる。

「帰れブス！」

「ブス帰れ！」

「かーえーれ！」

「かーえーれ‼」

　怒涛の「帰れ」コールが巻き起こった。

　それが一人や二人のものならば、ラヴィも怯むことはなかっただろう。けれど、十数人もいる子供たちから一斉に罵声を浴びせられ、さすがの彼女も顔を引きつらせて逃げ腰になった。

　そもそも彼女は箱入りのお嬢様だ。そうそう、性根が逞しいわけがない。

「な、何よぉ‼　絶対に許さないから！」

　真っ赤に染まったラヴィの目に、再び涙が浮かんだ。彼女は捨て台詞を一つ残して、逃げ出す。

　メイド二人も、ラヴィの後を慌てて追いかけた。

　セーラはため息を一つつく。

できれば孤児院には二度と来てほしくないが、そうもいかないのだろうな、と思った。

ラヴィとのいざこざがあった数日後、セーラはとある人物と対立することになった。

モイトレ菓子の売り上げを狙う輩が、牙を剥いたのだ。

「今日、私が戻ってきたのは、他でもない、ガキ――子供たちが、私がここを管理している間にも何やら売り出していたそうじゃないか」

そう卑しく笑うコルトは、自分が院長代理をしていた間に育てたモイトレによる利益をよこせと要求した。

コルトは、トーマスに横領を咎められた身にもかかわらず、それをセーラが知らないと思っているのだろうか。未だにしっかりと贅肉のついた指に、ジャラジャラと煌めく指輪をつけている。

セーラは彼を冷めた目で見つめた。

彼の指輪を一つでも売っていれば、孤児院の子供たちが飢えることも劣悪な環境で体調を崩すこともなかっただろうに、と舌打ちしたい衝動を懸命にこらえる。

もっとも、カリスフォード商会からの援助はきちんとされていたので、彼が横領しなければ指輪を売らなければならない事態が起きることもなかったが……

セーラは苛立ちを隠して挨拶する。

「お元気そうで何よりです。おかげさまで孤児院はうまくいっておりますわ」

ツンと澄ましたセーラに、コルトはニヤニヤと下卑た笑みを浮かべたまま、とんでもなく馬鹿らしいことを言った。

「……で、私がその分け前をいただくのは当然だと思わないか？」

「はぁ？」

思わず、セーラの口から尖った声が出る。この男の前では、淑女の仮面をつけ続けることが難しい。

（あの禿げかかった頭を思いっきりはたければ、少しはスッキリしますのに）

セーラは怒りでふるふると小さく震えた。

「この孤児院の院長代理は、私だったんだ。そこから得た金を得る権利があるはずだろう。違うかね？」

その言葉に、長い黒髪をかきあげる。

「コルト院長代理、何をおっしゃっているのか、さっぱり意味がわかりませんわ」

隠しもせず冷たい視線を送ると、コルトは怒りで声を荒らげた。

「な、なんだね。その態度は！」

けれど、怒っているのはセーラも同じだ。

「わたくしの態度がどうだとおっしゃるの？」

一歩前に踏み出す。思った以上に体重が乗ってしまい、「ドン！」と乱暴な音が立った。

「孤児院で採れたモイトレによる収入は、すべて子供たちの生活資金に回しております。わたくしは、あれを栽培するに当たり必要なものを揃えてくださるように頼みましたし、モイトレに興味がないかと誘いもしました。それを拒否なさったのはあなたですよ。自《みずか》ら計画から身を引いたのではありませんの。そのあなたが、どうしてその利益を手にする権利があるなんてお考えになっているのでしょう？」

「なっ……！」

コルトの顔がますます赤らむ。

「な、な、何を生意気なぁあ！　おま、お前は誰に向かってそんな口を！　わたしは、ここの孤児院の院長だぞ！」

「院長？　ご冗談を」

セーラは目を細めた。

「あなたは院長代理であったので、院長ではありませんわ。そもそも、あなたが本当にこの孤児院の院長代理として真摯《しんし》に働いていてくだされば、……あの子たちがあんなにやせ細らなくてすんだのに……」

セーラは初めて目にした時の、子供たちの悲惨《ひさん》な様子を思い出し、唇を噛み締める。けれど、コルトが良心の呵責《かしゃく》を感じることはないようだ。

「なんだと!?」

彼はドンと強く机を叩き、ぶくぶくに太った身体を揺らした。

「私にそんな生意気な口をきいて、タダで済むと思っているのか！」

「ええ、思っていますわ」

鼻先で笑い飛ばし、グイッとセーラは豊かな胸をそびやかす。

「首だ！　首だ、お前は首だ！　二度と顔を見せるな！　お前など、もうここに立ち入ることを許さん!!」

「あら、わたくしは、カリスフォード商会の当主から直々に頼まれ、この孤児院に派遣されているのですよ」

コルトの言葉に従う義理はないと、セーラは笑う。

セーラは唇の両端をニィと上げ、絵物語の悪役も裸足で逃げだすようなあくどい笑みを浮かべる。

そして、懐から一枚の紙を取り出した。

「なんだそれは？」

怒りで血管を額に浮かせたまま、コルトが訝しげに紙を見つめる。紙に記されている内容を目にし、顔色を失った。

「なっ⁉」

喉に魚の骨がひっかかったみたいな呻き声を上げ、ハクハクと唇を動かしながら、信じられないものを見るような目で、セーラを見る。

セーラが出した紙は、彼女を孤児院の院長代理に任ずるという内容の、トーマスが書いた任命状だった。

「主人から賜ってきましたの。きちんとサインも入っていますでしょう？」

ウフフと笑いながら、セーラはコルトを追いつめる。

今まで誰かを脅かしたいと思ったことはなかったけれど、なかなかに清々しい気分だ。セーラは悦に入る。

（うまくいってる！　わたくし、演技上手！）

表情には出さずに、心の中で自画自賛した。

こんなこともあろうかと、自室でこっそりと練習を重ねていた甲斐がある。

「こんな紙は無効だ！　だ、大商会であるカリスフォードが、貴様のような小娘をとりたてるものか！　偽物に決まっている！　わ、わたしはカリスフォード商会の当主筋の人間だぞ！　貴様のような、はしためとは違うんだ！」

「あら、かなり遠い分家の方だと聞いておりますわよ。とくにやることもないごくつぶしだったので、少しは働くように言われてここに来たのでは？」

「な、何をぉおおおおお!!」

額に血管を浮かせたコルトは、贅肉だらけの太い腕をセーラへ伸ばす。セーラは焦ることなく、呪文を唱えた。

「ライトニング」

一筋の細い稲妻が、コルトへ向かって放たれる。

豚の鳴き声に似た悲鳴を上げ、コルトは地面へ倒れ込んだ。加減はしているので、後遺症が残ることはないはずだ。

「な……な、な……な、い、今の……は……」

痛みや痺れのせいではなく、コルトの声は震える。

彼はようやく、セーラがただの小娘などではないことに気づいた。

「ま、魔術が……つつつ、使えるのは……隣国の貴族だけなのに……馬鹿な……」

このミラーノで、隣国の貴族女性など一人しかいない。

「わたくし、最初に顔合わせした時に、きちんと自己紹介をしておりませんでしたでしょうか？」

幽霊でも見たような眼差しで、コルトはセーラを見た。

セーラは艶然と、微笑む。

「わたくしは、セーラ・カリスフォード。ホワイト伯爵家の血に連なる者です。今はカリスフォード商会当主、トーマス・カリスフォードの妻ですの」

ゆっくりとスカートを摘み上げた。　コルトは放心して、口をパクパクさせ続ける。

「雷属性の魔術はわたくしの得手ではありませんので……多少、痛くて痺れるだけですわ」

セーラのその言葉は、もはやコルトの耳に届かなかった。

第五章　お騒がせ元婚約者の帰還

ラヴィやコルトとの件を経て、セーラのもとに穏やかな日常が戻って――こなかった。

それ以上の波乱が、カリスフォード家に起こったのである。

「――これはどういうことか、説明をしてくれるかな？」

その日、セーラはトーマスの部屋へ呼び出された。彼の体調が回復し、仕事に復帰した矢先のことだ。

いつものお茶の誘いとは違う呼び出しに訝しがりながらも、セーラはトーマスの部屋のドアを叩いた。

待っていたのは、薄く笑むトーマスだ。

彼は自分の執務机で作業をしていた途中のようだったが、その手を止めてセーラの入室を待っている。

そして、指先でトントンと机を叩いた。

彼が示す先には、何の変哲もない封筒がある。

「あっ!?」

その封筒を目にした瞬間、セーラは顔色を変えた。

それは、見慣れたものだ。これといって飾りけのない四角の隅（すみ）には、エリザベート・ジェーンと記（しる）されている。

「そ、それは、……わたくしのお友達からの手紙ですわ」

「ほう？」

トーマスはピクンと片眉を跳ね上げる。セーラはオホホと笑ってみせたが、トーマスは誤魔化されてはくれなかった。

「エリザベート・ジェーン……この名前に、俺は聞き覚えがないな」

「だ、旦那様の知らない交友関係くらい、わたくしにもありますわよ」

セーラの背中に嫌な汗が流れる。

「そうだろうね。しかし、不可思議なことに……この字には見覚えがあるんだ」

「ま、まあ？」

視線が激しく左右に揺れる。最近、トーマスの前で表情を隠す必要を感じていなかったために、扇子（せんす）を部屋に置き忘れてしまった。

（ああ、持ってくればよかった）

セーラは心底悔やんだ。

あの扇子（せんす）は表情を隠すのと同時に、心の防波堤になっていたのだ。

「セーラ。どういうことなんだろうねぇ？　このエリザベート・ジェーンという女性の字が、行方知れずになっている、俺の愚（おろ）かな弟――カーク・カリスフォードの字とうり二つ、いや、そのものなんだが」

「……こ、この世には、似たような字を書く人が三人はいるのだとか」

「ほほう。初耳だな」

トーマスはセーラの言葉をちっとも信じていない目で、じっとりと見つめてくる。セーラは懸命にトーマスを見返そうとしたが、できずに目を逸らしてしまった。

その時点で、セーラの負けは決まっている。

「どういうことか、説明してくれるかな？　してくれるよね？」

「………えっと……」

セーラはうんうんと、うなる。

セーラ一人だけの秘密ならば、ぺろりと白状していただろう。けれども、これは自分だけの問題ではないのだ。

セーラは一歩、後ろに下がった。そのまま踵を返して逃亡しようとしたが、その前にドアが激しくノックされる。

「どうした？」

尋常でないノックの音に、セーラとトーマスは自分たちの状況も忘れて、顔を見合わせた。

トーマスの返事に続き、「バン！」と扉が大きく開く。

「失礼します、旦那様！」

いつになく慌てた様子のアーノルドが顔を見せた。彼の表情を見ただけで、何かとてつもないことが起きたのだと理解できる。

セーラたちは揃って唾液を嚥下した。

「どうした……？」

やや緊張気味に、トーマスが問いかける。逃げようとしていたセーラも、一歩後ろに引いたまま、アーノルドの言葉を待った。

幽霊でも見たような顔つきで、部屋に入ってくるアーノルドの背後には、男の姿があった。

「――カーク!!」

それは半年以上前に姿を消した、セーラの元婚約者にしてトーマスの弟、カーク・カリスフォードだった。

最後に見た時よりも少し髪が伸び、わずかに無精ひげが生えている。着ている服もよれていて、何度も同じものを洗って着ていたことをうかがわせた。

ほんの少し疲れ、けれども逞しくなったカークの登場に、セーラは驚く。しかしそれ以上にトーマスは驚愕していた。

「カーク！　お前、今までどこに!!」

執務用の机を飛び越えるような勢いで、トーマスがカークへ詰め寄った。弟の胸ぐらを掴み上げ、そのまま壁に叩きつける。

強く背中を打ったらしいカークの唇から、苦悶の声が漏れた。

「旦那様！　乱暴な真似は……」

セーラは止めようとしたが、トーマスの全身から立ち上る怒りのオーラに、言葉を呑み込む。

彼女は夫が本当に怒っている姿を今まで見たことがなかったことに気づく。彼はいつだって冷静沈着で、余裕のある男性だった。

一方カークは、兄の怒りを受け止めるように、静かに口を開く。

「痛いよ、兄さん……」

「そうだろうな。だが、それがどうした」

壁にグイグイ押し付けられ、カークの足は少し浮いている。兄弟の近くにいたアーノルドが、そっとセーラのもとまで避難してきた。

「今の今まで、どこにいた？　お前の愚行（ぐこう）について俺が納得できる言い訳を用意しているんだろうな？」

地獄の底から響くような恐ろしい声音でトーマスがカークを追いつめる。

久々の兄弟の再会は、涙で抱き合う感動的なものとは程遠かった。


——それから、数十分後。

「兄さん。アーノルドは相変わらず、あなたに忠実ですね」

入浴を終えてさっぱりとした状態になったカークが、げんなりとした口調で言った。生えていた髭（ひげ）も綺麗に剃（そ）られている。

激昂していたトーマスを宥（なだ）めるため、一度解散した彼らは、カークの格好が整うのを待って、再び執務室に集まっていた。

幾分落ち着いたように見えるトーマスに視線をやり、カークが肩をすくめる。

「彼はあなたの命令通り、俺が風呂に入っている間中、本当に俺から一瞬も目を離しませんでしたよ」

「当然です。このアーノルド・ブライアン。旦那様の命は、故意でない限りは遵守いたします」

故意にならら破るのかという突っ込みを、セーラは入れずにいた。

トーマスが冷笑しながら弟に命令をくだす。

「それでは、改めて聞かせてもらおうか。愚弟」

セーラとトーマス、カークがテーブルにつき、アーノルドは給仕係としてトーマスの傍に立った。

セーラは落ち着きなく、モゾモゾと身体を動かしてしまう。

「まずは、兄さん。ご迷惑をかけてしまい、申し訳ありません」

カークが丁寧に頭を下げた。

「俺に謝っても、仕方がないだろう。お前が真に詫びるべきは、婚約者に逃げられたという醜聞にさらされた彼女に、だ」

「それは違います！」

セーラは反射的に声を上げた。トーマスの視線がセーラに向く。だが、顔の向きはカークへ固定されたままだ。

「違う……違うのです、旦那様」

セーラは首を横に振る。

彼女はもう、カークの秘密を隠しておけないことを悟っていた。

「違うとは、どういう意味だろうか？」

トーマスの厳しい眼差(まなざ)しを感じ、セーラは深呼吸する。すると、カークがセーラの言葉を引き継いでくれた。

「セーラ様。俺から説明をします」

「でも……」

セーラはカークを心配するが、彼は首を横に振る。

「俺がすべて説明する。兄さん、できれば、話を聞いても、セーラ様を怒らないでほしいんだ」

「それは話を聞いてみないと、判断できない」

「……そうだよね」

ガックリと肩を落とすカークに、セーラは自分のことは気にしないでいいと視線で伝えた。

そして、カークの話は、半年以上前――まだセーラとカークが婚約していた頃に遡(さかのぼ)る。

セーラとカークの二人は、婚約者となった時から手紙のやり取りをし、互いの人となりを好意的に受けとめていた。カークはセーラに不満は一つもなかったと語る。

「――ならば、どうして？」

そう問うトーマスに、カークは一瞬だけ口ごもった。

セーラはハラハラしながらカークを見守る。

「どうした？　黙っていても、わからないぞ」

トーマスが冷えた声でカークを促した。カークが唇を震わせる。

「カーク様、やはり私が――」

カークを庇おうとしたセーラにも、トーマスは冷たい視線を向ける。

「……そういえばお前は姿を消した後も、セーラ――俺の妻と連絡を取り続けていたようだが？」

セーラを問いつめる原因となった手紙をひらひらと振る。

「――エリザベート・ジェーンというのは、お前の偽名だな」

「……はい」

カークは小さく頷いて、それを認めた。セーラも観念して、カークと同じように首を縦に振る。

「元婚約者とはいえ、夫に黙って妻が他の男と通じているのは、立派な裏切り行為だと思うのだが……その辺りのことを、俺の妻と愚弟は、どう考えているのだろうか？」

「……申し開きのしようも、ございません」

責められても仕方のないことだと、セーラは身を小さくする。

トーマスの怒りはもっともだ。

セーラはトーマスが他の女性と遊ぶことを禁じていなかったが、それが褒められたことではないことを今ではわかっている。自分の伴侶が他の人間を求める姿を見て傷つく気持ちが、セーラにもわかるようになっていた。

「二人して、俺を弄んで楽しんでいたのかな？」

トーマスの声音に不穏なものが混じり始める。

冷えた眼差しを心底怖いと感じ、セーラは震えた。

それは単純な恐怖ではなく、トーマスに嫌われてしまったかもしれないという恐れだ。セーラはトーマスに嫌われたくなかった。

「違う！　違うんだ、兄さん」

恐怖で言葉が喉に詰まり何も言えなくなっているセーラに代わり、カークが叫ぶ。バンと机を叩き、違うと何度も訴えた。

「どう違う？　そうとしか思えないだろうに」

トーマスが鼻先で笑う。

彼の中に渦巻く炎のような感情がセーラにも伝わってきた。

――怒っている。そしてそれ以上に哀しんでいる。

それが苦しいとセーラは感じた。

「違うんだ……兄さん。俺が、セーラ様とそういう関係になることは、絶対にないんだよ」

「どうして、そう言える？　さっき自分で言ってたじゃないか、手紙のやり取りを通して、互いに憎からずと思っていた、と」

トーマスが口の端を歪める。

「俺は……俺は……」

カークは何かを言いかけてはやめるを繰り返している。彼が唾を呑み込む音が聞こえてきそうだ。

少年じみたカークの顔には、いまやはっきりと苦悶が浮かんでいる。

セーラは彼の手助けをしてやりたいと思ってはいたが、実際は何もできないでいた。カークが兄に自分の秘密を打ち明けたくないのであれば、セーラが勝手に口にするわけにはいかない。かといって、下手にカークを庇って、トーマスに誤解されるのも嫌だ。

「あの、旦那様……」

とにかく、何かを言おうと口を開いたセーラを、意を決したような表情になったカークが止めた。

「いい、セーラ様。自分で言う。兄さん、俺は……女性を愛せないんだ」

ぽつりと呟くようにカークは告白した。

しんと、室内の空気が固まる。

束の間、波紋の一つもない静かな湖のような沈黙が落ちた。

しばらくして、ようやくトーマスが口を開く。

「なん……だって？」

聞き返す声は震えていた。

信じられないといった眼差しで、弟を凝視する。一方、カークは真っ直ぐに兄を見返していた。

だが、カークの顔も可哀想なほどに青ざめている。

「俺は女の人を愛せないんだ。昔から……」

カークはもう一度、今度ははっきりと告げた。

「……子供の頃から自分がちょっと変わっていることには気づいてたんだ。女の子と仲良くなっても、友人たちみたいに恋人になりたいとは思わなかった。少し成長した後も、女の人を欲しいと思ったことはない。悩んだし、女性を愛そうと努力したこともある。だけど、俺が愛し、愛されたいと願うのはいつも男なんだ……」

弟の言葉にトーマスは顔をしかめる。それは嫌悪というよりも戸惑いの表情のようだった。おそらく彼は、カークの指向をどう受け止めていいのかわからないのだろう。

アーノルドは鉄の仮面をかぶって、冷静さを保っている。それでも、少なからず衝撃を受けたようで、その手が微かに震えていた。

この国で同性同士の恋愛は決して禁忌ではないけれど、大多数の人間に歓迎されるものでもない。

セーラはカークの秘密を知っていた。知っていたからこそ、結婚は互いにとって都合が良かったのだ。

恋愛事に疎かったセーラは、その告白を受けた時は一晩悩んだものの結局は、人間が好きってことなのねという結論に達しただけだった。

トーマスがカークの目を見て、確認する。

「冗談……というわけではないんだな？」

「冗談でこんなことは言わないよ」

カークの返答に、トーマスは力なく「そうか」と呟く。机の上に置いた手を組み、じっとしばらく考え込む。

セーラもカークもトーマスの反応を待った。

「そうか……それで、セーラとの婚約を破棄するしか、なかったのか」

トーマスは、ため息をつく。

セーラは内心、少し違うと思ったけれど黙っておくことにした。

「……俺はセーラ様をとても好ましい人物だと感じるし、彼女なら愛せるんじゃないかと思ってた。けれど、彼女を本当の意味で愛することはできなかったんだ。そしてこれからも、できない」

「わたくしは、カーク様の失踪後すぐに届けられた手紙で、そのことをはっきりと告げられましたの。カーク様はいつでも誠実でいらっしゃるので……。でも、わたくしにはカリスフォード家の力がどうしても必要で――」

「それは、ウチも同じだっただろ？　カリスフォード家と兄さんにとって、貴族との婚姻が悲願であることは、俺も知っていた」

「……なるほど。それでお前は逃亡したんだな。そして、残された俺は自分がセーラと結婚することにした」

トーマスが夢を叶える手段はそれしかなかったからだ。そんな状況にトーマスを追い込んだのはセーラもなので、トーマスの顔が見られない。

「兄さんなら、そうすると思ったよ。それに俺が家を出たのは他にも理由があるよ」

「……つまり俺はおまえたちに、まんまとハメられたというわけだな」

呆れたような声がトーマスの口から出た。ずるずると椅子に深く腰掛ける。

セーラの顔からさらに血の気が引いた。覚悟をしていたはずなのに、トーマスに軽蔑されるのは応える。

「お待ちになって、旦那様。わたくしも最初からすべてを知っていたわけではありません。訳もわからずあの場に置いていかれたのは、わたくしも同じです。元婚約者であるカーク様がいきなり姿を消すだなんて、どれほど心を痛めたか……ヨヨヨ」

セーラはテーブルに顔を伏せた。どこからどう見ても泣き真似だが、今はなりふりを構っていられない。

あの時の心臓の悪い出来事については、どうしても言ってやりたかった。

「ほ、本当に申し訳ないことをした……セーラ様」

「マダム・セーラとおっしゃって、カーク様。あの時は、本当に心臓がひっくり返るかと……」

セーラはコホンと咳払いで誤魔化す。

「……ごめんなさい」

「それで？　姿を消している間、何をしていた？　今さらのこのこと姿を現したのは、どういうつもりだ？」

その問いに関する答えは、セーラも知っている。とくに隠す必要もないことだ。

「カーク様は、ずっと旦那様の病を治す薬を探していたのですわ！」

ずっとトーマスに教えてあげたかったことでもあるので、セーラは思わず口を挟んだ。

「薬、だと？」

トーマスがチラリとセーラを見る。

ため息をつきながら、カークがセーラの言葉を引き取った。

「ああ、兄さんの持病を治す薬だ。ミラーノでは、兄さんの肺の病は不治のものと思われてるだろ？　ウチの医師だって、発作が出てから療養させることしかしない」

「それしか手段がないからだろう？」

なかば投げやりにトーマスがカークに返事をする。

「いいや、そんなことはない。そんなことは、なかったんだ！」

そこで、カークは掌に収まるサイズの透明な瓶を懐から取り出した。中には、銀色の不可思議な液体が入っている。

トーマスが訝しげな顔になった。

「これは？」

「白竜の涙だよ」

白竜とは、セーラの故郷ホワイト領に生息する白色の竜である。

竜族の中では比較的大人しく、通常人前に姿を現すことはない。ただ、古くからホワイト領一帯を治める領主の家族の館には時折やってくることがあり、セーラは幾度か見たことがあった。

とはいえ、その涙にどんな効果があるのかまでは知らない。

「白竜の涙は、肺の病に効くそうなんだ。いろいろ文献を調べて、ようやくその事実に辿り着いたんだよ」

「お前は竜族と会うことができたと言うのか？」

トーマスが驚きの声を上げる。

ホワイト領の住人ですらほとんど見たことがない伝説の生き物である。他国の人間が必死になって探しても遭遇できるとは、にわかに信じられない。

トーマスの問いに、カークは首を横に振った。

「実を言うと、俺が直接もらったわけじゃないんだ」

そして彼は、小さく微笑（ほほえ）む。

「白竜が姿を見せる時期は決まっていて、それが……あの婚礼を決める辺りだったんだ。白竜の涙が兄さんの病（やまい）に効くと知った俺は、その生息（せいそく）地を調べ、ホワイト領に行った。だけど、そこからはどうしていいかわからなかった。……セーラ様のご家族にいろいろと助けていただいたよ」

ホワイト領に行ったからといって、白竜は簡単に見つかるような生き物ではない。

時期以外の手がかりが掴（つか）めず途方に暮れているところを、領民に助けられた。彼らが、領主――つまりセーラの父親に相談しにいってくれたのだ。

「セーラ様。俺はあなたの元婚約者で裏切り者です。ですから、ご家族に門前払いを食らっても仕方がないって思っています。多分、それが普通です。それなのに、あなたのご家族は俺を温かく迎え入れ、屋敷への滞在をも勧めてくれました」

視線をセーラに向け、改まった口調でカークが言う。

確かに、自分の家族ならカークを冷遇するようなことはないだろうと、セーラも思う。けれども、彼女には少し気がかりなことが二つあった。

「あの、カーク様。ウチの者たちは、きちんとおもてなしができたのでしょうか？」

実家には客人を招くような余裕はなかったはずだ。

カリスフォード家からの資金は、ほとんど領民の生活向上のために充てたと聞いている。とてもではないが、カークのような裕福な人間を泊めるほどの余力があるとは思えない。

「ええ。大変お世話になりました。俺は今まで、あれほどの歓待を受けたことはありませんでしたよ」

カークの目が優しげに細められる。セーラはホッと胸を撫で下ろした。

少なくとも、家具もない寒々しい部屋に立たせ、茶葉がないので「汲み立てだよ」などと朗らかな笑顔で井戸水を勧めるようなことはしなかったようだ。

セーラたちにしてみれば、それでも精一杯のおもてなしなのだが、世間的にはあれを歓待とは言わない。

「ホワイト伯には白竜の涙を手に入れるのに、力を貸してすらいただいた。セーラ様たちは、白竜を呼び出すことができるのですね」

「……ええ」

ホワイト伯爵家の者と白竜の間には、伯爵の祖先が結んだちょっとした絆があり、セーラたちが本気で望めば、姿を見せてくれることが多い。時にはその願いを叶えることすらする。

ただ、彼はこちらの頼みに応えるかわりに、それ相応の条件を出した。だから自領の困窮について、白竜を頼ろうなど、思いもしなかったのだ。

（カーク様は涙の代価として、何を支払ったのでしょうか？）

セーラは、それが気になっていた。けれど、カークはその顔をトーマスに向けてしまう。

「兄さん。これを、飲んでほしい。きっと、長年兄さんを苦しめていた病と決別ができる」

スッとテーブルの上に小瓶を置き、トーマスに向かって滑らせた。

トーマスは自分の前まできた小瓶を、じっと見つめる。指先で摘み上げ、それをしげしげと眺めた。

一口程度の銀色の液体が揺れる。

「――病に効果があるかどうかは別としても、白竜の涙など、いくら金を出してでも欲しいという者が出てくるだろうな」

トーマスは、せっかくカークがとってきた特効薬を売ってしまいたいという素振りを見せる。

「兄さん……」

カークはしょぼくれた顔で兄を呼んだ。

そこにコホンと咳払いが聞こえる。

「旦那様。そう、意地悪を言うのはおやめなさい。気持ちはわからなくもないですが、大事な弟君があなたのために持って帰った妙薬なのですよ」

振り返ると、アーノルドがもっともらしい顔でトーマスを見ていた。責めるような口調だが、その瞳は優しい。

秘書に軽い説教をされたトーマスは、肩をすくめる。

先ほどの彼の発言は冗談だったらしい。本当に売ってしまうのではないかと心配してしまったセーラは、ホッと胸を撫で下ろした。

カークの想いと努力が水の泡になるのは忍びない。

トーマスが小瓶の蓋を開け中身をゆっくりと口に入れるのを見つめた。銀色の液体が彼の体内へ消えていく。

「少しどろっとしているが、無味無臭なのだな」

小瓶の中身を飲み干したトーマスの感想は、そんなものだった。

セーラは何かしらの劇的な変化が訪れるのではないかと、固唾を呑んでいたけれど、目に見える変化は起こらない。

「これで発作がなくなるなら、万々歳だ。効果が出なかったとしても、これまでと何かかわるわけでもないしな。ただ――」

トーマスはそこで言葉を切り、視線を鋭くする。

「二人のことをすべて許したわけではないがな」

その言葉に、セーラは少し身体を震わせる。それを見ていたトーマスが、ふっと表情を緩めた。

「いや、冗談だ。少なくともあなたを責める権利は俺にはない。ただ、あとでいいからゆっくり話がしたいんだ」

そこで、カークに対する事情聴取は一旦お開きになった。

一人で気持ちを整理したいと言って、トーマスがセーラたちに退出を促す。

廊下に出てから、カークが改めてセーラに挨拶した。

「セーラ様。お久しぶりです」

「ええ。お久しぶりですわね。ご無事にご帰還なされて、何よりでした」

お坊ちゃん育ちのカークの、お供も連れていない一人旅だ。

手紙での報告はあったものの、セーラは心配していた。

セーラにとって、カークは友人のようなものになっている。加えて、いまや大事な人が可愛がっている弟なのだ、かけがえのない存在であることに代わりはない。

「カーク様。少しお痩せになりましたのね……」

「ええ、ちょうどよい減量になりました」

笑うカークは、やはりトーマスと似ていない。

いや、顔立ちは共通しているところも多いのだが、雰囲気が圧倒的に違うのだ。カークが男性にしては、可愛らしい顔立ちをしているせいかもしれない。

不意に、そのカークが話題を変えた。

「――そういえば、孤児院の子供たちと新しい商売を始めたと、手紙に書かれていらっしゃいましたね？」

「そうなんです。モイトレという実を使ったお菓子の販売なのですが、驚くほど順調に発展しておりますわ。あの子たちがとても頑張ってくれていて」

自分が孤児院で働くことになった経緯をセーラはカークへ説明した。孤児院の子供を自慢する機会があるのは、単純に嬉しい。

微笑むセーラを見て、カークが切なげに笑った。

「あなたは、本当に綺麗な人ですね」

「え⁉」

急に褒められたセーラは、視線を左右に動かす。慣れない状況に、戸惑いを隠せなくなってしまった。

どうでもいい相手におべっかを使われることはよくあるが、親しい相手の心からの賛辞には免疫がほとんどない。

自分の荒れた指を「美しい」と言った夫の顔を思い出す。

（やはり兄弟なのだわ。こういう顔をすると似ていらっしゃる）

セーラは顔を上げていられなくなり、俯いた。その視界の端に、あの日の指輪が入る。

「……あ、ありがとうございます」

そんなセーラに向かい、カークが言葉を続けた。

「あなたほど綺麗で優しい人を、俺は知らない。それでも俺は、あなたを愛することができなかった」

彼の声音に混ざる苦しげな響きに、セーラは顔を上げた。透明な眼差しが、強くセーラを見つめている。

「あなたを幸せにできない俺を許してください」

それは、時を経た婚約破棄の言葉だった。

一瞬呆けたセーラは、破顔する。やはりカークは、律儀でとてもいい人だ。

「こちらのほうこそ、最後まであなたを支えきれなくてごめんなさい。実は、とっくに夫に心を持っていかれておりますの」

すっと口から出た言葉によって、セーラは自分の思いを自覚する。

トーマスとは、あの口づけの他に触れ合ったことはない。それでもセーラは、夫を愛しいと思っていた。

「もしかしたら、もう遅いのかもしれませんが……諦めずに、夫の愛を乞うてみようと思います」

愛されるまで努力をし続けるつもりだとセーラは決意を語る。

まずは、トーマスが喜ぶことをたくさんしてみよう。手っ取り早いのは、夜会でのパイプ作りだ。それを今よりも、もっと強化して、他には……他には……

「カーク様。屋敷の庭園を畑にするというのは、どう思いますか？」

「……どういう思考回路でそうなったのか、聞いてもいいですか？」

カークがなんとも言えない表情になる。セーラは、自分の得意分野といえば農作業以外思いつかなかったのだが、イマイチのようだ。

彼女は自室で夫の歓心を得る計画を練ろうとはりきりながら、カークと別れた。

※　※　※

翌日、トーマスが起きたのはもう日がだいぶ高くなった時間帯だった。

目が覚めると、美しい妻――ではなくて、しばらく姿を見せなかった愚弟の顔がある。

トーマスは失望のため息をつき、顔をしかめた。

気持ちを隠しもしない兄に、カークが苦笑する。

「おはよう、兄さん」

「……おはよう」

微かな倦怠感に、トーマスの口調はぼんやりとしてしまう。

「体調はどう？　発作は？」

カークが心配するので、自分の身体の調子を確認してみた。

病が完治したという確信はないが、発作の気配はない。つねにまとわりついていたあの息苦しさは、綺麗さっぱりなくなっていた。

「……良くなっているようだ」

慎重に答えたところで、セーラの様子が気になった。

「それより妻は、どうしている？」

少しの牽制を込め、セーラをあえて「妻」と呼んでみる。

「自室でなにやら計画を立てているみたいだよ」

「計画？」

不穏なものを感じたトーマスは、眉間に皺を作る。

妻に隠しごとをされていたことがわかったばかりなので、警戒した。

「兄さんに、今までのことを許してもらうための計画だって。愛されているね、兄さん」

カークのからかうような口調に反論をしたくなるが、同時にその言葉が真実だったらいいと思ってしまう。

困り黙り込んでいると、カークが真剣な顔になった。

「……兄さん、ごめんね」

「それは、なんに対してだ？」

「いろいろ。本当にいろいろありすぎて、謝っても謝り足りないな」

「すべて俺のためだったんだろ？　もういいさ」

叱(しか)られた犬のようになっている弟の頭を軽くこづき、トーマスは話題を変えた。

「そういえば、ホワイト領のセーラの屋敷に行ったんだったな」

「うん」

「どんな様子だった？」

セーラが、平民の家に嫁入りするはめになった実家だ。結婚当初はともかく、今は気にならないわけがない。トーマスは、一度は自分の目でホワイト領を確認したいと考えていた。

「とても大きな立派なお屋敷だったよ。さすがは貴族って感じの。歴史のある建築で敷地だけならウチの数倍は大きいんじゃないかな」

「ふぅん？」

想像しながら、相槌を打つ。

「――でも、中には何もなかった」

「何もなかった？」

「うん。本当にびっくりするくらい家具が置かれてなかった。全部ね、売っちゃったんだって。お金を作るために」

「……ウチから、かなりの金額が流れているはずだが、買い戻したりしていないのか？」

「領地のあちこちが天災続きで荒れていて、すべての金を領民の生活向上に充てちゃったんだって。俺をもてなす部屋も用意できなくてすまないって、頭を下げられたよ。信じられる？　相手は領主で、貴族なんだよ？　でも、セーラ様のご家族なんだと思うと、すごく納得がいった」

カークが語るには、領主屋敷はがらんどうで皆とても慎ましい暮らしをしているそうだ。

トーマスは、あの素朴な魅力に溢れる美しい妻を想う。

自然ににやけてくる口元を抑えていると、カークが話の続きを始めた。

「ねえ、兄さん。白竜は涙の代わりに、大量の硝子を要求してきたんだ」

「硝子？」

「そう。なぜかはわからないけれど、硝子が欲しい気分だったんだって。白竜は俺と話はしないから、代わりにホワイト伯が交渉してくれた」

「……それで、どうやって硝子を用意したんだ？」

白竜が後払いを認めるとは思えないので、自分があの涙を飲んだ以上、カークが硝子を用意できたことになる。

不思議に思って硝子の入手方法を問うと、カークは頭を下げた。

「兄さん。これから数ヶ月分の俺の給金をそれに充てていいから、今すぐホワイト家に硝子を送ってくれないか」

「……まさか」

愕然と、トーマスは呻く。

「大量の硝子を用意できなくて困っていた俺を見かねて、セーラ様のご家族は屋敷内にある窓硝子を提供してくれたんだ。俺が止める間もなく、さっさと白竜を呼び出して……」

カークの言葉に、トーマスは額を押さえた。

セーラも突拍子もない行動をとることがあるけれど、家族もなかなかのものだ。いや、さすがはセーラの家族とも言える。

おそらくその場にセーラがいたとしても、「じゃあウチの硝子で手を打っていただきましょう」と、朗らかに提案していたはずだ。

トーマスはカークを怒鳴りつけた。

「なんでそれを先に言わない！　すぐに手配させる！」

アーノルドを呼び出し、すぐさま硝子と職人を手配するよう命じる。「いつかは」などと思いながら、妻の実家の状況を確認もしなかった自分に腹が立った。

「他に、ホワイト領で気になったことは？」

「俺がホワイト領を訪れた時には、領主一家を除いては、皆、割と安定した生活をしているみたいだったよ。……それよりも、ホワイト領には大きな資源があったんだ」

兄に叱られて気落ちしていたカークが、少し表情を明るくする。

「資源？」

トーマスは訝しげな声を出した。

「そんなものがあれば、とっくに有益に使っているだろう？」

するとカークが首を横に振る。

「いや、手つかずだった。どうやら、あの領の人たちにとっては身近すぎて、貴重なものだという認識がないらしい」

「いったい、何を見つけたんだ？」

「温泉だよ‼」

告げられた言葉に、トーマスは目を丸くした。

それは実に――

「――素晴らしい資源だな」

「うん。あれをきちんと整備して客を呼び込めば、ホワイト領が貧困に喘ぐことは二度とないんじゃないかと思うよ」

トーマスは姿勢を正して、カークの話をさらに詳しく聞く。脳内では大きなそろばんがものすごい勢いで弾かれていた。

「俺は、ホワイト伯とウチであの温泉を管理して、観光資源とすることを提案する」

「なるほど……」

「実はもう、ホワイト伯には説明申し上げているんだ。伯爵は、兄さん――婿にすべてを任せるって言ってくれた」

（俺は、セーラの夫として、認めてもらえている）

トーマスは、まだ顔も見たことがなかったセーラの両親に思いを馳せた。

「……新婚旅行がてらに、妻の里帰りについていくのも悪くないな」

セーラの生まれ育った場所を目にする日が、そう遠くない未来にあるだろうと、トーマスは満足げな笑みを浮かべた。その前に、セーラとの話し合いをしなければいけないが……

きっとうまくいく気がしていた。

「セーラと話し合ってくる」

トーマスは顔を上げて、きっぱりと宣言する。

（きちんと互いの気持ちを確かめ合って、何もかも……最初から始めよう）

将来への希望を胸に、トーマスは自室を出た。

※　※　※

セーラが、昨晩から続けてトーマスに好かれる方法を考えていると、突然ドアを叩く音が聞こえた。

「セーラ、入っていいか？」

部屋の前から、夫の声が聞こえる。

（ど、ど、どうしましょう。まだ作戦を考えている途中なのに……）

セーラは焦りながらも、トーマスを自室に招きいれた。

勧められた席に腰を落ちつけ、トーマスがおもむろに口を開く。

「セーラ、今日は本音で話してほしいんだ。俺もあなたに嘘をついたりしない」

そこで、言葉を切った彼はまっすぐにセーラを見つめる。

「俺たちは確かに、利害の一致によって契約結婚をした。あなたに対する俺の態度が褒められたものではなかったことも自覚している。だけど、俺は今、あなたを愛している。セーラ、あなたは？今でも、カークと結婚したい？」

真剣な告白にセーラの脳はパンクした。

（ああああああ、愛してるって⁉　愛してるの？　旦那様がわたくしを⁉）

固まり、無言になるセーラにトーマスはたたみかける。

「あなたがカークを気に入っていたことは知っている。カークの事情を知ってしまった以上、その結婚を勧めるわけにはいかないが……。もし、俺と別れたとしてもホワイト領への援助は引き続き約束するよ。あなたは今まで充分よくやってくれた。ただ、俺としてはずっとここで、俺の妻でいてほしい」

冷静な口調とは裏腹にトーマスの瞳は不安で揺れていた。セーラは考えるよりも早く答えを口にする。

「わたくしもですわ」

「えっ⁉」

「わたくしも、ずっとトーマス様の妻でいたいです」

二人は手を取り合って笑う。ほっとしたように、トーマスが肩の力を抜いた。

「良かった。実は、さっき新婚旅行の計画を立ててしまったんだ。出ていきたいと言われたら、ムダになるところだった」

「新婚旅行？」

思いがけない言葉に、セーラは聞き返す。トーマスは柔らかな笑みを浮かべて、カークから聞いたという話を説明し始めた。

「あなたの故郷のホワイト領には温泉があるよね。あれは、大変貴重なもので、観光資源になるんだ。だから、視察がてら、あなたのご両親に挨拶(あいさつ)に行きたいと考えていたんだ」

「温泉が資源になるの？」

セーラは驚きで、目を見開いた。今日の夫は驚くことばかり口にする。

「旦那様といると、嬉しいことばかり起こるわ」

そして、セーラは夫と微笑(ほほえ)み合うのだった。

終章　大商人夫妻の新しい関係

とある日。

カリスフォード家当主トーマス・カリスフォードとセーラ・カリスフォードの連名の夜会への招待状が、ミラーノ中の名のある商家と貴族の家に送られた。

大輪の薔薇(ばら)のようにあらゆる夜会で咲き誇(さほこ)っているという噂のセーラと、商売がうまくいき、ますます男ぶりがあがったと評判のトーマスからの招待に、全員が夜会への参加を表明していく。

当日は、大忙しとなった。

「奥様……素敵です」

「本当に、なんて美しい姿……」

今日はホステスとして大任を果たさなければならない。セーラは生家から持ってきた真紅(しんく)のドレスを身にまとい気合をいれている。ベッキーとロッテ、その他のメイドたちも一丸となって、セーラの髪型と化粧、装飾品を整えてくれた。

「奥様。口紅はこちらのほうがよろしいのでは?」

「それよりも、こちらが……」

「奥様は大変お美しいので、かえって悩んでしまいますわね」

若いメイドたちは熱い息を吐きながら、楽しそうだ。

最近、セーラが屋敷内の庭園を畑にしてしまおうと虎視眈々と狙っていることなど、露ほども気づいていない。

セーラが衣装を整えている間、他の部屋では客人たちを迎え入れる準備で大わらわだった。

料理の質を確かめ、食器の数を確認する。この日のために用意したテーブルセッティング、休憩室の用意など。

セーラも着替えを終え次第、会場の最終確認をする予定だ。夜会の準備は女主人がするもので、その成功も失敗も彼女にかかっている。

装いを完璧に仕上げてもらうと、セーラは早足で自室を出て、会場の様子を覗いた。ベッキーとロッテが付き従っている。

「会場の準備はどう？」

「奥様。今のところ、大きな問題は発生しておりません」

近くにいた使用人を捕まえて確認すると、満足のいく答えが返ってきた。

調理場に移動し、料理をチェックする。

今夜並ぶ料理の半分以上は、カリスフォード商会で取り扱っているものだ。当然、暁の涙とモイトレも用意されている。

「奥様。旦那様がお呼びです」

「今行くわ」

答えて、セーラはトーマスのもとへ急ぐ。ドレスや髪型が乱れないように細心の注意を払いながらスピードを落とさずに移動した。

「旦那様。セーラです」

扉をノックし、中に入る。部屋の中には、正装姿のトーマスがいた。

その姿を見て、セーラは頬を染める。

(なんて、かっこいい……)

そう心の中で思ったが、はしたないので口には出さない。

「美しいな」

けれど、トーマスは息を吐くようにセーラを賞賛する。あまりに簡単に人を褒めるので、セーラはなんだか負けた気分になってしまった。

「……旦那様、お呼びになっていると聞いたので参りました、なんのご用でしょう？」

「あなたの大事な可愛い招待客たちが無事にこちらへ来ていると連絡を受けてね。知らせてあげようと思ったんだ」

「まあ！」

パッと喜びでセーラの顔が華やぐ。

セーラの大事な可愛い招待客は、本来、正式な夜会に招待していい相手ではなかった。セーラは悩みトーマスに相談したところ、彼は意外にもすぐに快諾してくれたのだ。

「もうすぐ始まる。準備はいいかい？」

「もちろんですわ、旦那様」

セーラにとっては、戦場と呼んでも過言ではない夜会が、もうすぐ始まる。


都市ミラーノでも、一、二を争う大商会カリスフォード家で行われる夜会は、実に見事なものだった。

絢爛豪華に飾りつけられた会場には、不思議な気品があり、客たちはざわめき胸を躍らせている。

有名な楽隊による演奏はゆったりと落ち着いていて、出された料理はどれも非常に美味しそうだ。

「お集まりになった皆様。今宵は存分に、当家主催の夜会をお楽しみください」

トーマスが乾杯のグラスを掲げ、客たちがならう。ここまでくれば、セーラはトーマスに寄り添い微笑んでいるだけで良かった。

「なんと、美しい……」

「まさに、神の創り給うた芸術品だ」

心酔したような視線が、セーラに集まる。女性客は、トーマスの美貌にうっとりと酔いしれていた。

夜会にはカークも参加をしている。

若く未婚の彼の周りには、狩人と化した女性たちの群れができあがっていた。彼は鋼の精神で紳士的に微笑み、彼女たちの相手をきちんとしている。

セーラとトーマスは、それぞれの客に対する挨拶を始めた。

「――まあ、そうでしたの？　それはぜひ、わたくしも拝謁したいものですわ」

今晩の話題は、もっぱらこの国の王女がお忍びで街一番の役者が出る演目を観劇していたらしいというものだ。

本物のお姫様に会ってみたいと、セーラは本心から言った。きっと本物のお姫様は妖精のように可愛らしいのだろう。

話に夢中になっていたセーラは、突然上がった少年の声を聞く。

「ねーちゃん！　後ろ！」

セーラはジャックの声に反応して、咄嗟に一歩大きく前に出た。

「きゃああ！」

甲高い悲鳴が背後から聞こえ、何事かと見ると、ドレス姿の少女が素っ転んでいる。

淡い金色のふわふわした髪に、白い肌。蜂蜜色の潤んだ瞳に、桃色の唇。誰もが見とれる可憐な美少女――ラヴィが、地面にダイブしていた。

オレンジジュースを手にしていたらしく、ドレスが黄色に汚れている。周囲にオレンジの甘酸っぱい匂いが漂っていた。

「だ、大丈夫？　ラヴィ？」

彼女と出会うのは、あの孤児院以来で、だいぶ印象が悪くはあるけれど、目の前で転んで半泣きになっている少女を放っておくわけにはいかない。セーラは手を差し伸べた。

「ねーちゃん。そのブス、あんたにジュースをぶっかけようとしたんだ。自業自得だよ」

ツカツカとしっかりとした足取りでジャックが近づいてくる。後ろに幾人かの子供たちをひきつれていた。

——彼らこそ、セーラが呼んだ大事な招待客だ。

セーラの心配に反して、カリスフォード家で用意した盛装に身を包んだ彼らはちょっとしたところの子に見え、夜会の客に溶け込んでいる。

「皆、よく似合っているわ」

セーラが褒めると、ジャックはまんざらでもなさそうに笑った。他の子供たちも、一様に照れている。

身なりはともかく子供が集団でいることに、会場は少しざわついた。セーラは、すっと予め用意してあった説明をする。

「夜会の途中で、チャリティーオークションをやるとお知らせしていますでしょう。子供たちには、そのお手伝いをしてもらうのですわ」

貴族や金持ちは、見栄があるせいか、チャリティーオークションが大好きだ。

「それは、素晴らしい」

「さすが、カリスフォード家の夜会ですわ」

すぐに、若干顔を引きつらせながら褒め称える声が聞こえてくる。

セーラはほっと胸を撫で下ろした。次は、この床でシクシクと泣き出してしまったラヴィをどうにかしないといけない。

「……大丈夫？」

もう一度尋ね、手を差し伸べる。ラヴィは少し拒否したものの、ここでずっと泣いているわけにはいかないと気がついたのか、おずおずとセーラの手を取った。

「……ねーちゃん、お人好しだなぁ」

ジャックが呆れた声を出す。

彼の言う通りなのかもしれないが、客人でもあるラヴィを放っておくことはセーラにはできない。

立ち上がったラヴィのドレスは、かなり汚れていた。

セーラはそっと息を吐いて、ラヴィの小さな手を握って会場を出る。そのまま、自室に向かった。

ラヴィはシクシクと泣くだけで、何も言わない。甘えたお嬢様なのだから、仕方がないといえば、仕方がなかった。

「着替えましょう」

部屋に入ったセーラは、ラヴィに服を脱ぐように指示する。ラヴィは涙で顔を汚したまま、のそのそと汚れたドレスを脱いだ。

脱いだドレスを見ると、予想通り専門の人でなければ汚れを落とせない状態になっている。もしかしたら、このまま駄目になるかもしれない。

ドレスを脱いだラヴィは、小さく華奢（きゃしゃ）な身体を頼りなげに震わせていた。

セーラはもう一度息を吐き、ドレスルームから一着のドレスを取り出す。

それは故郷から持ってきた、あの大事な桃色のドレスだった。

自分には着ることができず、それでも諦められなかった愛くるしいデザインの特別なドレス。

「サイズが合うといいんだけど……」

ラヴィに手渡す。ラヴィはドレスを受け取ったものの、どうすればいいのかわからないようで、動きを止めた。

「まだまだ、夜会は続くのよ。下着のまま、会場に戻る気はないでしょう？」

小さくラヴィは頷く。そのあどけない仕草にセーラはぐっときてしまった。

やはり、可愛いものは可愛い。自分もこんなに愛らしい容姿になりたかった。そうでなければ、こんな妹が欲しかった……

ベッキーとロッテとは違う枠だが、やはりラヴィのことは可愛いと思う。

多少、性格に難があることをもう知っているが、そこもまた、個性と思えば受け入れられないこともない。

「ほら、手伝ってあげるから」

セーラはラヴィの着替えを手伝ってやった。半ば放心している少女は、セーラの意のままに動く。

「これに懲りたら、あんまり悪さをしちゃ駄目よ？」

子供らしい悪戯でも、しっぺ返しは痛いだろう。

ラヴィはドレスを着替え終えた。想像通り、本物の妖精すらもかすむような可憐な美少女ができあがる。セーラの理想の姿だ。

不意にラヴィは口を開いた。

「……わたくし……あなたが、憎らしいの……」

「そうなの？」

「だ、だって……わたくし、ずっとトーマスお兄様を慕っていたのよ。それなのに、トーマスお兄様は、わたくしが幼いからと、ちっとも相手にしてくださらなかったのに……」

セーラとトーマスは一回り年齢が違う。セーラとほぼ同じ年齢だというラヴィとでは、トーマスにとって年齢差が大きすぎるのかもしれなかったが、多分それはトーマスの方便だ。

貴族同士ならば、さほど珍しくはない年齢差だし、平民でもないわけではない。現に、セーラは結婚した。

「わたくし、あなたなんて大っ嫌い！　嫌い嫌い、嫌いなのよ！」

癇癪を起こしたラヴィは、近くにあったベッドから枕を取り上げ、セーラに投げつけた。セーラは腕で防ぎ、絨毯に落ちた枕をラヴィに投げ返した。

「きゃあ！　何するのよ馬鹿！」

「やったのは、そちらでしょう。やり返されたくないのならば、人にものを投げるものではないわ。それに、レディが悪態をつくなんて褒められたものじゃなくてよ」

「何よ！」

ラヴィは怒りながら、泣いていた。

「ラヴィ。化粧が涙で落ちるわよ？」

泣きすぎは彼女のためにならない。

「うるさいわね！　馬鹿！　自分がほんのちょっと年上だからって、年上ぶらないで！」

年上なのに、年上ぶってはいけないのかとセーラは衝撃を受ける。

キーキー喚いていたラヴィは、いきなりスイッチが切れたように大人しくなり、そのままボロボロと涙を流し続けた。

「うう……何よ……トーマスお兄様をラヴィから奪ったくせに……！」

悔しくて悔しくてたまらないとラヴィは泣く。

「トーマスお兄様に、お姉様にいじめられてるって伝えたわ」

「……え、そうなの？」

「相手にされなかったわ」

信じてもらえなかったと、ラヴィは唇を噛み締める。

けれど、セーラは胸が温かくなった。トーマスが、ラヴィより自分を信じてくれていたことが、素直に嬉しい。

「今まで、ずっとラヴィの言葉を聞いてくれていたのに……」

少しくらいは、仲違いをすれば良かったのにとラヴィが呟く。そこである程度気がすんだのか、不意に彼女は顔を上げた。

涙の残る顔は、まだ不貞腐れている。

可愛い顔が台なしだと思うのと同じくらいに、そういう顔も悪くないなとセーラは思った。

「わたくし、やっぱりあなたが嫌いだわ」

「わたくしは、あなたのことが好きなのだけれど……」

「迷惑だわ」

ラヴィはきっぱりと言い切る。けれど、少女は頬を赤く染めていた。顔を背けながら小さな声を出す。

「……でも、助けてくれてありがとう」

それは確かな感謝の言葉。

セーラは破顔し、その言葉を受け入れた。

しばらくして、ラヴィを連れて会場に戻ると、チャリティーオークションが始まっている。

出ているものは、カリスフォード商会で大量に制作している商品だ。集まった金は様々な慈善活動へ活かされることになっている。

「本日の目玉商品はこちらでございます。ホワイト領に新しく作る温泉施設への視察旅行。ご家族皆様をご招待いたしますよ。雪景色の中、身体の芯まであったまる温泉旅行をいかがですか？　ただ、冬のホワイト領は寒さの厳しい土地となっておりますので、寒さの苦手な方のご入札は、お控えください」

カークの説明に、オークションに参加している紳士淑女が入札を始める。なぜか、子供たちまでオークションに参加していた。

子供たちは、オークションの手伝いという名目ではなかったのかと呆れるが、皆が楽しそうなので、セーラはまあいいかと思い直す。

「俺たち、モイトレで超稼いだもんねー」

「温泉！　本物を見てみたい！」

温泉視察旅行は、なかなかの高値になった。

このチャリティーオークションの立案者であるトーマスと、目が合う。彼は悪戯が成功した子供みたいな顔で、ニヤリと笑う。

セーラはこの人と結婚してよかったと、心の底から思ったのだった。

シリーズ累計
44万部
突破!!
RC
Regina
COMICS
詐騎士
1~5
SAGISHI
Presented by Kaitoko
Comic by Natsumi Asa
大好評
発売中!!
原作 かいとーこ
漫画 麻菜摘
アルファポリスWebサイトにて
好評連載中!
新感覚ファンタジー
待望のコミカライズ!!
ある王国の新人騎士の中に、一人風変わりな少年がいた。傀儡術という特殊な魔術で自らの身体を操り、女の子と間違えられがちな友人を常にフォローしている。しかし実は、その少年こそが女の子だった！　性別も、年齢も、身分も、余命すらも詐称。飄々と空を飛び、仲間たちを振り回す――。そんな詐騎士ルゼの偽りだらけの騎士生活！
詐騎士
5
かいとーこ
麻菜摘
腹黒少女騎士
新感覚ファンタジー
コミカライズ!!
44万部
突破!!!!
ついに王子様に
秘密がバレる!?
B6判 / 各定価：本体680円+税
アルファポリス 漫画
検索

この作品に対する皆様のご意見・ご感想をお待ちしております。

おハガキ・お手紙は以下の宛先にお送りください。

【宛先】

〒150-6005 東京都渋谷区恵比寿4-20-3 恵比寿ガーデンプレイスタワー 5F
(株) アルファポリス　書籍感想係

メールフォームでのご意見・ご感想は右のＱＲコードから、
あるいは以下のワードで検索をかけてください。

アルファポリス　書籍の感想

ご感想はこちらから

婚約破棄から押しかけ婚します！

相坂桃花（あいさかももか）

2018年 12月 3日初版発行

編集－黒倉あゆ子・羽藤瞳
編集長－塙綾子
発行者－梶本雄介
発行所－株式会社アルファポリス
〒150-6005 東京都渋谷区恵比寿4-20-3 恵比寿ガーデンプレイスタワー5F
TEL 03-6277-1601（営業） 03-6277-1602（編集）
URL http://www.alphapolis.co.jp/
発売元－株式会社星雲社
〒112-0005 東京都文京区水道1-3-30
TEL 03-3868-3275
装丁・本文イラスト－あいるむ
装丁デザイン－AFTERGLOW
（レーベルフォーマットデザイン―ansyyqdesign）
印刷－中央精版印刷株式会社

価格はカバーに表示されてあります。

落丁乱丁の場合はアルファポリスまでご連絡ください。

送料は小社負担でお取り替えします。


ISBN978-4-434-25377-5 C0093